ENTRE ORTIGAS Y CLAVELES
Relatos íntimos

Fernando Salmerón de la Rosa Toro

Entre ortigas y claveles - Relatos íntimos
Todos los Derechos de Edición Reservados
© 2017, Fernando Salmerón de la Rosa Toro
Pukiyari Editores

ISBN-10: 1-63065-086-2
ISBN-13: 978-1-63065-086-5

PUKIYARI EDITORES
www.pukiyari.com

Índice

Gracias

Este libro no hubiera sido posible sin la invalorable ayuda de un gran amigo y hermano, que cree en mí más que yo. Aldo, gracias de corazón.

Armando, mi confidente y corrector, mi paño de lágrimas, angustias y preocupaciones, eres parte viviente de este esfuerzo. Gracias.

Carmen María, Rocío, Ricardo, Pera, y muchos más; sin su apoyo, sus comentarios, críticas, sugerencias, piropos y elogios (con lo que me gustan), nada de esto hubiera sido posible. Yo seguiría en el confort de mi computadora, jugando a escribidor y traveseando con las palabras y las ideas. Gracias.

Mi familia; mis hijas, mis hermanos, mis primos, primas, mis interminables cuñadas, que siempre creyeron que yo podía hacer esto. Gracias.

Un agradecimiento muy especial a mi hermano Eduardo, con el que nos reencontramos en el cariño fraterno más allá de cualquier expectativa.

Finalmente, mis adoradas nietas. Empecé a escribir para ellas y terminaré escribiendo para ellas. Quiero que tengan una idea de quién fue su abuelo y que me recuerden. Mientras permanezca en su memoria, seguiré vivo.

Hay alguien especial. Marita, ser indómito, generoso, aguerrido y luchador, mujer extraordinaria y que siempre me ha apoyado, incluso en las mayores locuras que he cometido en mi vida, de las cuales la más grande y genial fue casarme con ella. A ti no solo te debo las gracias, sino la vida, la felicidad y el amor. Tuyo hasta la muerte.

Fernando

A todos

Esta es una recopilación de cuentos basados en algunos recuerdos y experiencias de mi niñez y juventud, cargados de abundante imaginación y mucho ácido y amargo humor, con seguridad mi principal característica.

Originalmente fueron escritos solo para mí y mi familia cercana, luego para algunos amigos y finalmente me he visto presionado a publicarlos por algunos adláteres entrañables que creen que tengo el suficiente talento para ello y a los cuales agradezco con mucha humildad su incansable e incomprensible aliento.

Dado que a estas alturas de la vida tengo mucha más imaginación que memoria, he reemplazado muchos hechos por situaciones existentes solo en mi voluminosa y febril cabeza y están colocados en un conveniente orden cronológico, probablemente más de acuerdo con mi edad mental que física.

Fernando Salmerón de la Rosa Toro
Octubre, 2017

Por qué escribo

A menudo, me pregunto qué es lo que me fuerza a escribir. Digo "fuerza" porque mi compulsión no me deja otra opción. La sensación es incómoda. Solo puedo compararla con mi café matutino. Podría vivir sin él, pero no quiero, yo sé sin duda alguna que no me lo perdería por nada y que mi día no sería tan bueno como debería ser sin él. Entiendo bien de qué estoy hablando, porque lo he intentado, varias veces, y siempre regreso al hábito.

Lo mismo me pasa con la escritura. Una parte de mi cerebro me advierte sobre el dolor o la excitación que voy a sentir, lo cual a continuación perturbará mi ánimo. Otra parte sigue presionando a que lo haga, aunque sé que me llevará a un estado en el que no quiero estar: adolorido y exaltado. Tengo que añadir angustiado.

Es ahí donde me encuentro en un punto muerto con los sentimientos revueltos. Luego de encontrar muchas cosas que hacer en la casa, con una fuerte necesidad de hacerlas hoy, ahora mismo, pues parecen en ese momento de extrema urgencia, murmurando y maldiciendo, me siento delante de cualquier computador. Una vez más, tengo la necesidad de desfragmentar el disco duro para optimizar el rendimiento, iniciar la búsqueda de virus, mejorar el aspecto del sistema y limpiar mi escritorio antes de escribir.

Algunos días comienzo temprano en la mañana, y si tengo suerte, he escrito algo al final de la tarde.

Me siento afortunado porque con lo que yo llamo "la evitación creativa" he sido capaz de terminar un buen número de tareas de la casa que de alguna manera u otra debía hacer. Por supuesto, podría haber mantenido la marca en la pared del clóset durante unos cuantos años, pero es un alivio saber que estoy por delante de los proyectos por más de dos años y, en algunos casos, para siempre.

No estoy seguro a dónde me va a llevar esto. Probablemente nunca seré publicado.[1] No soy tan bueno.

Además, la mayor parte de lo que escribo no se publicará jamás porque cuando lo termino lo detesto y lo tiro a la basura Me siento como Prometeo, encadenado como castigo por Zeus, con el águila devorándome las entrañas por la noche solo para encontrarme al día siguiente esperando al ave que volverá a comer mi regenerado hígado.

¿Cómo llegué aquí? ¿Por qué? ¿Es esto normal?

He leído descripciones de muchos escritores acerca de su proceso creativo, y parece que la compulsión existe en casi todos ellos. Algunos lo llaman pasión, pero yo no. Creo que hay una gran diferencia. La pasión es una palabra de un nivel mucho más alto. Es algo que

---

[1] Escribí esta nota en agosto del 2016. Luego, varias circunstancias me están obligando a publicar, a regañadientes, y con mucha angustia.

la gente desea tener y mantener y quieren que otras personas sepan que la tienen. Da la imagen de una persona intensa, dedicada y con objetivos altruistas en la vida.

Por otro lado, compulsión es una palabra de bajo nivel, con una connotación negativa. Demasiado cerca de "adicto", "alcohólico", y ese tipo de palabras. Nadie quiere ser compulsivo porque cuando la gente lo menciona como una característica de su personalidad, es en un tono de debilidad y vergüenza. Ese soy yo. Lo admito indignamente y no con orgullo o alegría. Me parece terrible.

Sin embargo, también reconozco que no puedo vivir sin escribir. Se ha convertido en una parte de mi vida, de la misma manera que los ojos o las piernas. Va conmigo a todas partes, y siempre está en mi mente como una especie de conciencia, pero sin valores morales. En cierto modo, es como una máquina de grabación de eventos haciendo siempre la misma pregunta: "¿Puedo escribir algo al respecto? ¡Guárdalo, consérvalo, guárdalo!".

Por supuesto, lo hago. Pero no por voluntad propia. No tengo ningún control sobre esto. La pregunta sirve como filtro de calidad a la selección de situaciones o hechos inusuales que son gatillos incrustados en mi imaginación.

Tengo que confesar que hay algo en mi vida que la hace única. No como la vida oscura de Edgar Allan Poe o la loca manera de vivir de Henry Miller. Para mí es más como la infausta jornada de Fernando.

Mi curiosidad, torpeza y atracción no deseada a los acontecimientos extraños e infelices pueden ser la causa de esto. Entiendo que muchas personas piensen en sus vidas de esta manera, pero, humildemente, creo que la mayor parte de sus experiencias palidecen en comparación a las mías.

He aterrizado en un avión sin ruedas, resbalado de un segundo piso, y a una piscina vacía. Una puerta industrial me cayó en la cabeza. He visto personas morir violentamente a mi lado. Me he roto el brazo derecho tres veces, mi mandíbula, todos los dedos de los pies, los dos meniscos de mis rodillas, los tobillos, y varios dedos de la mano. He sobrevivido a dos volcaduras de auto y a un accidente frontal. Se me olvidó mencionar la rotura del brazo izquierdo, pero, por fortuna, esto ocurrió solo una vez.

Tengo innumerables cicatrices, la mayoría de ellas causadas por mi torpeza. Además, tuve meningitis de niño, contraje una enfermedad llamada verruga peruana, ya extinguida y fatal hace muchos años, siendo objeto de observación de todos los médicos de una clínica que me veían como cuando se mira a un ornitorrinco en el zoológico.

También tuve un quiste pilonidal —por favor no preguntar— y un derrame cerebral.

He viajado por todo el continente americano y partes de Europa. He vivido en parques públicos, debajo de un puente, en casas modestas, así como en hermosas y lujosas residencias y en más hoteles y pensiones de los que puedo recordar.

Mi madre murió cuando yo tenía once años, y mi padre cuando tenía dieciocho, así que he vivido por mi cuenta desde que era adolescente.

Sin embargo, todavía estoy en este mundo. Algunos días me siento como un extraño experimento de

Dios. En realidad, yo creo en Dios. No a causa de los milagros en mi vida, a pesar de haber tenido unos pocos, sino por todo lo que me ha pasado, demasiado para ser meras coincidencias.

Pero me pierdo en los recuerdos...

Volviendo a la escritura, mi proceso creativo en sí mismo es largo, tedioso y doloroso. No creo que haya tenido el bloqueo del escritor del que tanto se habla. Siempre tengo varias cosas que quiero decir y cuando se agota mi evitamiento creativo, no puedo dejar de escribir. Compulsivamente, durante dos o tres horas. Entonces mi mente se da por vencida y necesito recargar las baterías. Así que como, duermo o evacúo, de acuerdo con lo que mi cuerpo, y no mi mente, me dice que haga. Después de un rato, vuelvo a la obsesión en la parte más larga de mi día de trabajo.

Esta es la peor parte. Es la etapa de edición en la que destruyo la mayor parte de lo que he hecho y empiezo de nuevo. Solo un par de veces he escrito una breve historia sin parar y la he corregido al terminarla. Si después de leer las cuatro o cinco mil palabras, me gusta, lo conservo. Una semana más tarde, vuelvo a leerlo, y si tengo la sensación de que yo no lo he escrito, sé que es bueno.

Sin embargo, mis preguntas aún siguen sin respuesta: ¿Cómo he llegado hasta aquí? ¿Por qué? ¿Es esta la forma en que debe ser?

Empecé a escribir hace solo cuatro años. Desde que puedo recordar, sin embargo, he querido escribir, pero mi temor de descubrir que no era bueno me impidió hacerlo. Lo reemplacé con la lectura, lo cual hice con placer y un sentido de urgencia inexplicable.

Cuando era niño, cometí el error de aprender a leer por mí mismo, enviando un mensaje equivocado a mi madre y a toda la familia. Ellos pensaron que era inteligente, pero en realidad era obsesivo, y estas dos características son muy diferentes. Alentado por la familia, empecé a leer con avidez chistes, revistas, periódicos, libros, e incluso trozos de papel que encontraba en la calle. No importaba, con tal de que tuviera palabras y letras. Era una especie de fascinación.

Cuando mi abuela apagaba las luces del dormitorio, yo me colocaba cerca de la ventana para leer a la luz del poste eléctrico fuera de la casa. Como consecuencia de ello, tuve cirugía en ambos ojos dos veces, y uso anteojos desde que tenía siete años.

Entonces la vida comenzó a transcurrir, y me convertí en un experto en tecnología de información. No me arrepiento de ello. Me dio muchas satisfacciones profesionales y personales. La mejor parte fue encontrar amigos de toda la vida. Veintiséis años después, todavía sigo en contacto con ellos, de una manera que yo llamaría de "corazón a corazón". Es cuando siento que puedo mirar el interior del alma de una persona y ella puede mirar la mía. Es raro tener amigos así, pero yo tengo la suerte de contar con diez o doce, un gran número en la vida de cualquiera.

Todavía recuerdo el primer día que escribí algo. Era el aniversario de la muerte de mi tío Max, así que redacté una breve nota y la publiqué en mi Facebook. Por alguna desconocida razón, a algunos amigos pareció gustarle. Honestamente, no tenía ninguna expectativa al respecto. Era solo un humilde homenaje a una persona que admiraba y amaba. La gente reaccionó solicitando más relatos, indicando que tenía el don de la escritura. Publiqué otro que recibió incluso más "me gusta" y comentarios.

Mi ego engordó, mi autoestima alcanzó niveles peligrosos, y mi imaginación me llevó a Oslo, para recibir el Premio Nobel. Eso es lo que quiero decir cuando digo que no puedo permitirme el lujo de perturbar mi estado de ánimo al escribir.

Entonces nació mi nieta y pensé que escribir era una buena forma de dejarle algo que ella pudiera saber sobre su abuelo cuando yo ya no estuviera.

Empecé a escribir de manera impulsiva, y de repente me di cuenta de que casi todo lo que había escrito era muy malo. No hubo más comentarios, "me gusta" ni nada. El silencio en las redes sociales me sugirió que no era bueno en absoluto. ¡Ni siquiera un amigo cercano, ni un alma amable! Solo silencio. En cualquier caso, y a pesar de la dolorosa realidad, el gusano de la escritura ya estaba dentro de mí.

Desde entonces, he tratado de mejorar la calidad de mis historias. Me convertí en un adicto y muy pronto me encontré en un agujero que yo mismo he cavado sin esperanza de escapar. No me imaginé que sería tan profundo que no podría salir.

Aquí estoy. Con la necesidad de escribir, no como esos escritores famosos que tienen el verdadero don, metódicos, elegantes, muy educados y tocados por las musas. No. Soy anárquico, descuidado y torpe.

Estoy en un agujero con el lodo y los bichos. Soy consciente de que el agujero llegará a ser más profundo y mi angustia y obsesión aumentarán.

¿Es esta la forma en que debe ser? No lo sé. Creo que en este punto realmente ya no importa. No hay vuelta atrás, y estoy condenado. Algunos pequeños y oscuros monstruos se encuentran latentes en mi mente, vigilando y torturándome siempre con esta obsesión. Sin embargo, aún hay una ligera posibilidad de que vaya a ser publicado y tenga mi pequeño libro. Quién sabe si entonces la compulsión por fin se detendrá. Es mi última esperanza. Pero incluso cuando llegue hasta ahí, la probabilidad de dejar de escribir es muy escasa.

Gabriel García Márquez, el autor y periodista colombiano ganador del Premio Nobel, dijo que escribía para que la gente lo quisiera más.

Yo simplemente escribo porque no tengo ninguna otra opción.

San Antonio, agosto 2016

La importancia de tener un tío llamado Max

Nunca olvidaré la primera vez que fui al Estadio Nacional. Yo tenía cinco años y era un partido nocturno. Jugaba Municipal contra Corinthians. Ese recuerdo, hace más de sesenta años, tiene solo dos protagonistas: el tío Max y yo. El resto ha ido desapareciendo con los años. Era la época cuando todavía alquilaban cojines en Oriente y Occidente, verdes y muy gastados, pero cómodos. El tío Max me alquiló dos, para que pudiera ver bien el partido.

Comí maní con cáscara, delicia envuelta en papel celofán rojo, y otras golosinas que no recuerdo, pero la imagen de la cancha verde, la pelota blanca y todas las luces, está grabada a fuego en mi memoria.

Después de esa oportunidad, la cantidad de veces que el tío Max nos llevó al fútbol fueron incontables. Me hizo hincha del Municipal y nunca, nunca, me castigó, criticó o me hizo sentir mal soltándome alguno de esos comentarios que los adultos hacen a los niños sin pensar.

Quizás la única ocasión fue durante una pelea que tuve en el barrio de Paseo de la República con alguien de otro barrio. Fue gracias a mi hermano Eduardo, que tenía la rara habilidad de meterse siempre con gente más grande que él (y que yo, la mayoría de las veces). Al ser el hermano mayor, me tocó salir al frente, cagándome de miedo, y con las piernas que me temblaban, a recitar el ya aprendido de memoria:

—¿Por qué abusas de la criatura? ¡Trata de meterte con uno de tu tamaño!

Automáticamente, el individuo de su tamaño pasaba a ser yo. Y empezaba el ritual. Las caras se acercaban hasta que la distancia fuera de milímetros, siempre mirando a los ojos, tratando de "bajar" al otro. Después el empujón, y a pelear con todo. Un cabezazo inicial en esos tiempos no era de hombres. Me debo haber peleado unas veinte o treinta veces. Nunca me pegaron y siempre me temblaron las piernas.

Para esta bronca en particular, yo tenía como once años. En pleno calor de la pelea, se acercó el tío Max, puteó a todo el mundo y me llevó a jalones a la quinta donde vivíamos, gritándome:

—Malcriado, ¡cómo es posible que te pelees en la calle!

Una vez dentro de la quinta, sacó la billetera, me dio diez soles, y me dijo:

—¡Fernandito, le sacaste la mierda! ¡Estoy orgulloso de ti!

Ese era el tío Max. Max me enseñó las cosas que no están en los libros ni en el colegio; la viveza, las leyes no escritas, ese código masculino de hombría, de ser derecho pero no dejarse atrasar. Incluso me enseñó a tomar, aunque no fui muy buen alumno. Siempre tomaba de más.

Quisiera decir que el tío Max hizo eso porque yo era su sobrino favorito. Pero no es así. Hizo lo mismo con todos sus sobrinos, y en realidad con todos los chicos del barrio. Nos regaló las camisetas de nuestro equipo, algunas pelotas de fútbol, y nos daba propina a todos.

Pero, sobre todo, ahora que lo veo en perspectiva, ese júbilo de ser tío, de tener unos sobrinos de la PM, como él decía, le pagó mucho en alegrías. Son contadas las personas que son recordadas como él, y pocos podemos decir que tuvimos el mejor tío del mundo.

Mi tío Max murió hace casi treinta años. Un tiempo atrás, nos reunimos los muchachos del barrio y en los corazones de todos aún permanecía viva la imagen del tío Max.

El pampón

Cualquier barrio que se precie de serlo debe tener por lo menos tres elementos: un lugar donde parar, un lugar donde jugar y una bodega (de chino, preferentemente). Así era por lo menos en la época de mi primer barrio, hace ya más de cincuenta años, cuando a los siete u ocho años ya salía uno a la calle a jugar. Los tiempos han cambiado y no pretendería jamás que volviera a haber barrios como los de entonces, pero mi primer barrio contaba con esos tres elementos, los cuales hicieron de él un lugar inolvidable e increíblemente maravilloso.

Nosotros vivíamos en la penúltima cuadra de Paseo de la República, en San Antonio, cuando la Vía Expresa ni siquiera era una idea y todavía podíamos recibir la leche en porongos cargados en burro.

El barrio era un monopolio de tres familias: los de la Rosa Toro, que teníamos cuatro casas, los Menéndez y los Fernández. Ambos tenían una sola casa, pero eran un montón de gente. Varias de estas casas estaban en una quinta, completando un escenario que en mi infancia era sensacional. Todos se conocían, todos se metían en la vida de los demás, y actuábamos como una inmensa familia, quien sabe si un poco disfuncional, pero extraordinaria.

Frente a las casas había un parque que solo tenía pasto y uno que otro árbol. Era perfecto para unos chicos que sentían que el fútbol era la razón más importante de vivir. Teníamos que lidiar con un jardinero que estaba a cargo del parque. Recién ahora recuerdo lo difícil que hicimos su vida, por lo cual le pido disculpas. Estoy seguro de que está arriba en alguna parte porque era un buen hombre.

Le robábamos sus herramientas, malográbamos las escasas plantas, y alterábamos sus planes de riego, pues hacíamos carreras de barquitos en las acequias de riego, así que las bloqueábamos o las desviábamos, y el pobre sufría y trataba de razonar con una recua de mocosos que solo veían en él un obstáculo en sus planes de diversión.

En marzo y agosto, hacíamos cometas (solo pavitas) y usábamos las corbatas del viejo y de los tíos como cola. Tuvimos que pagar un alto precio por esto.

En la esquina siguiente al barrio teníamos la cancha de ñoquitos, para la época de bolitas, y también para enterrar a los trompos que había que castigar, en el tiempo de trompos, naturalmente.

Además, nuestra cuadra era larguísima y podíamos jugar con los carritos en el borde de la vereda por horas antes de llegar a la meta.

La bodega (la del chino, porque había otras) quedaba a dos cuadras, con la ventaja de que era en Reducto, donde pasaba el tranvía y podíamos chancar los chapitas de gaseosa para hacer nuestros runrunes superafilados. Nadie se sorprendía en esa época al ver a seis chiquillos sentados a escasos dos metros de los rieles del tranvía, esperando silenciosamente el paso de la locomotora mientras en la vía brillaban un sinnúmero de chapitas, todas limpias, por supuesto, sin el corcho que venía en la parte interior.

Como todos los otros juegos, el run-run se jugaba de acuerdo con el calendario.

Aparte de todo esto, teníamos un terreno baldío a escasas tres casas de la quinta. Por ordenanza municipal, estaba cercado y la pared pintada de blanco. Originalmente lo usábamos para tirar tacles a la pared y para jugar fulbito en la vereda cuando éramos muy pocos para jugar en el parque.

Este era el pampón. No recuerdo cómo empezó algo que cambiaría mi vida para siempre, pero fuimos construyendo una escalera removiendo pedazos de ladrillo de la pared. Muy discretamente porque no queríamos más problemas. ¡Qué equivocados estábamos!

Finalmente, un día que aún vive conmigo, pude sentarme a horcajadas en el borde del muro. ¡Recuerdo el sol, el viento, los árboles moviéndose suavemente y abajo un mundo entero descubierto!

Quizás Colón tuvo un sentimiento parecido. Para mí fue la gloria. El corazón latió más rápido, el aire entró con fuerza en mis pulmones y al evocar a mis amigos, todos sentados sobre el muro, me vuelvo a sentir de nueve años...

El pampón era simplemente un terreno en el que había algunos materiales de construcción: arena, piedra menuda, ladrillos y una gran cantidad de desmonte. Al fondo había sido invadido por una buganvilia de la casa vecina. Probablemente un tercio del terreno estaba poblado por esta enredadera. Suficiente para que seis pequeños aventureros se sintieran dueños del más lujoso palacio y la más inexpugnable selva que uno pudiera imaginarse.

Los valientes protagonistas de esta historia eran mi hermano Eduardo (alias el Gordo), un año y medio menor que yo y sin lugar a duda el más travieso y listo de los seis. Era también el que mejor jugaba pelota. Uno podría decir que solo estaba pensando en hacer travesuras, pero la verdad era otra: los movimientos y las ideas le salían de adentro, natural e inconscientemente, como a otros respirar o comer. En su caso era un don innato.

Mi primo Rafo, de la misma edad que Eduardo, era rubio y de ojos azules, el más "bonito" del grupo. Todos los de ocho años saben que esto no es bueno. Es más bien un problema. Rafo era de temperamento irritable, siempre un poco a la defensiva. Tenía a su favor que la tía Maruja siempre le compraba una pelota de fútbol de verdad. Eso era oro puro. Rafo lo sabía, y, además, había llevado al pampón una tetera en la que hervíamos agua cada vez que hacíamos fogata. Con esto lograba equilibrar la balanza de poder.

Julio, el mayor de los Fernández, era menudo, y aunque un mes mayor que yo, era más bajo y flaquito. Pero Julio, además de ser muy buen futbolista, era un maestro en el arte de la política. Lamentablemente, murió muy joven, a los dieciocho años. Por alguna razón, siempre estaba del lado correcto. Por edad y simpatía, su opinión era respetada.

Luego venía César (alias Enano), hermano menor de Julio, y claramente en desventaja. Era como tres años menor que yo y la diferencia de tamaño a esa edad es abismal. César tenía mucho mérito; siempre competía; es decir, carreras, carritos, bolitas, lo que fuera, él sabía que iba a perder: era muy chico. Pero ahí estaba, empeñoso, luchador y optimista. Cuando hacíamos carreras de carro-patines, invariablemente le tocaba de compañero el Choclo, ultimo personaje de esta banda.

César aceptaba su suerte estoicamente. Era una ley no escrita: El Gordo con Rafo, Julio conmigo, y el Enano con el Choclo. Nunca ganaron.

El Choclo, creo que se llamaba Augusto, era de mi tamaño y tenía la edad de César. Había vivido en Estados Unidos y hablaba inglés perfecto. El problema, grave a esa edad, era su traducción literal o aplicación de alguna frase. Nadie decía: "¡Hola amigos!", bastaba con un "¿y?", a lo más "hola". El Choclo llegaba y lo decía. O decía "¡epa!", "oh, chico, chico, chico". Me imagino que donde vivía antes, era usual decir *Hello buddies*" y "*oh, boy, oh boy, oh boy*". Nunca pude descifrar "epa". Sé que figuraba en chistes que en esa época venían de México. Bueno, Choclo en realidad no se daba cuenta de nada. Era muy buen chico y muy buen seguidor.

Había también un grupo de chicas. Todos las llamaban las Chiquitas, probablemente porque eran bajitas. Eran Mónica y Cecilia, las dos mayores de las Menéndez, María Elena y Nelly, casi las dos últimas de los Fernández y mis primas China y Rocío, hermanas de Rafo. Alguna vez llegué a jugar con ellas al "Mata tiru tirula" y "Jaxes". Aún recuerdo los movimientos para "chanchito" y "leybis".

Volviendo al tema, desde el día que tomamos posesión del pampón, nuestras vidas cambiaron. De un día a otro, tuvimos privacidad, independencia, e incluso autonomía.

Súbitamente estábamos en control de nuestro tiempo. Decidíamos a qué hora almorzar, cuándo ir a comer, e incluso las cosas que podíamos hacer.

Nadie podía vigilarnos y solo sabían de nuestra existencia cuando la mamá del Choclo, que vivía en la casa contigua al pampón, iba a quejarse con la tía Maruja porque su casa se había llenado de humo. La tía Maruja era abogada nuestra frente al jardinero o la policía, que venían de vez en cuando a llevarse la pelota. (Parece que estaba prohibido jugar fútbol en el parque).

La tía Maruja esperaba a que llegáramos de vuelta a la casa y nos pedía por favor, que si hacíamos fogata, no hiciéramos humo. Inútil: el combustible para el fuego eran ramas verdes de buganvilia.

Pero lo más importante de todo fue ese sentimiento de propiedad, de ser dueños de algo en lo que nadie más podía entrometerse. Cuando uno es niño, por razones obvias, le abren los cajones, aunque sea para guardar la ropa, y simplemente parece que nada es de uno. Si te castigan, pierdes privilegios, días, juguetes y a veces hasta amigos.

El Pampón vino a ser ese lugar donde conversábamos como grandes, decidíamos como grandes, y jugábamos como los grandes deberían jugar, con una sensación absoluta de libertad.

¿Qué podía ser mejor que esto?

Cada montículo de desmonte era una mina que descubrir; la arena y las piedras sirvieron para levantar ciudades, túneles y tener una carga permanente para nuestras hondas. Construimos un club con los ladrillos, e incluso habilitamos un baño atrás de una vieja columna tirada al fondo del pampón. Jugamos *cowboyadas* escondiéndonos en la selva de enredaderas. Incluso adoptamos cuatro gatitos que una gata abandonó. Aprendimos la responsabilidad de cuidarlos y el dolor de perderlos. Solo sobrevivió uno y, por supuesto, ¡se quedó a vivir en la casa de la tía Maruja! ¿Dónde más?

Añoro esas tardes de verano, cuando regresábamos del pampón a la quinta, con los atardeceres limeños tan hermosos, con un inexplicable sentimiento de "ser grande" y nos encontrábamos con las Chiquitas a quienes debíamos "proteger" a toda costa. No sabíamos que ya nunca más sería igual.

La vida era casi como uno hubiera querido que fuera siempre. Fue una época de mi vida que disfruté intensamente y que ahora siento que ocupa una parte muy grande e importante de mis recuerdos. Parece mentira que fueran tan pocos años.

Eventualmente el barrio creció, nos unimos al que quedaba al otro lado del parque, vino gente de otras partes, a la cual recuerdo con inmenso cariño; pero al principio, fuimos solo ese puñado de valientes y arrojados mosqueteros en busca de grandes aventuras.

El parque

Nunca lo supimos de pequeños, pero nuestro parque estaba destinado a morir. Mi primer recuerdo del parque es el de una paisana jalando a un burro gris con sendos porongos de latón a ambos lados del lomo, en los que llevaba la leche que repartía a los parroquianos a lo largo de su ruta diaria.

Luego un día llegaron las aplanadoras y un escuadrón de reclutas del Ejército, para remover las piedras y alisar el terreno. Fue así como un mísero potrero con solo tierra y abundantes piedras se convirtió en un flamante y reluciente parque, con una hermosa capa de pasto, algunos pequeños jacarandás en los extremos, y un marco de arbustos de un color morado profundo a todo su alrededor.

Quién sabe la única pista para adivinar su breve existencia fue que jamás se le dio un nombre, a pesar de ser el parque más grande de Miraflores, ubicado al final de Paseo de la República. A diferencia de todos los otros parques del distrito, nunca fue inaugurado, ni se le construyó un monumento, ni menos fue bautizado con el nombre de algún joven prócer limeño de la guerra con Chile.

A nuestra corta edad, y cuando lo más importante del mundo era poder jugar el siguiente partido de pelota, estas cosas no tenían la menor importancia. Éramos muy chicos y quizás demasiado listos para prestar atención a esos detalles.

Yo aún no vivía en San Antonio, floreciente barrio de Miraflores, de clase media acomodada, pero cada domingo esperaba con ansia la llegada de mis primos a la casa de mi abuela, en el centro de Lima, donde vivía con mi madre y mi hermano. Era el día del consabido y tradicional almuerzo dominical.

Yo tenía entre seis y siete años, y se me hacia un lío definir los parentescos de todos los adultos. Mi madre tenía tres hermanas: Malena, mayor que ella, Maruja y Meche, que le seguían en edad. Malena estaba casada con el tío Enrique y Maruja con el tío Alberto. Meche era soltera, al igual que los dos hermanos menores, Cucho y Max. Hasta ahí llegaba la profundidad de mi conocimiento.

Invariablemente asistían la tía Mina y la tía Matilde, solteronas y siempre muy bien arregladas. Nunca pude averiguar cuál era el parentesco. Por si fuera poco, recibíamos por un mes a la tía Blanquita con el tío Roberto, de Pacasmayo, elegantísimos siempre y él con chaleco, reloj de cadena y sombrero de fieltro hasta para desayunar. Hasta el día de hoy no he conocido a nadie que usara más joyas que ella, incluso para estar dentro de la casa, o salir a caminar del brazo del tío Roberto hasta la esquina de la casa y volver en paseos interminables.

La tía Evita y la tía Victoria, de las que nunca supe si eran viudas o solteronas, venían también por un mes desde Chiclayo, y hacían una pareja completamente discordante, aunque no se podía negar el parecido. La tía Evita era pequeñita, achinada y con la voz sumamente aguda, mientras que la tía Victoria era grande, imponente, de voz profunda y ojos penetrantes. Tenían en común la nariz aguileña y la barbilla desafiante, igual que nuestra abuela.

Considerando que por el lado de mi abuelo materno contaba también con una profusa cantidad de tías abuelas, todas solteras, se me hizo tan complicado entender los lazos de sangre, que decidí poner a los adultos mayores en una cajita mental rotulada "tíos viejos" y me limité a esperar propinas esporádicas. Solo la tía Victoria, a la que recuerdo con cariño hasta el día de hoy, nos regalaba diez soles invariablemente en cada visita que se entiende esperábamos con afán. El tío Roberto nos daba un sol, la tía Evita y la tía Mina nada, y la adorable tía Matilde nos traía un pequeño juguete cada domingo. ¡Dios la bendiga!

Mis tíos Cucho y Max, los hermanos menores de mi madre, almorzaban antes, pues reservaban los domingos en la tarde para asistir al estadio o a las corridas de toros y eventualmente a interminables jaranas criollas. En ese orden también, nos irían introduciendo a esos mundos de la Lima de los años cincuenta y sesenta.

No recuerdo haber visto a mi padre en ninguno de esos almuerzos, de los que mi madre era particularmente entusiasta y promotora. Él trabajaba fuera de Lima y nos visitaba de vez de en cuando.

Terminado el almuerzo, el tío Enrique, esposo de la tía Malena, que rara vez iba, se levantaba en silencio para desaparecer sin explicación alguna. De manera muy silenciosa, se dirigía a la puerta e, imperceptiblemente, casi deslizándose, salía de la casa.

El tío Alberto, por el contrario, era alto, grande, y su presencia se hacía notar. De voz profunda y reluciente calva rodeada por engominado y escaso pelo gris, imponía su presencia sin palabras.

Yo sabía que después de la larga sobremesa de las hermanas y tías, iríamos a la casa del tío Alberto y la tía Maruja, en Paseo de la República, frente al inmenso potrero que después sería mi parque, donde jugaríamos toda la tarde y luego podría dedicarme a leer todas las revistas de mi tío.

Fue así como me enteré del triunfo de la revolución de Fidel Castro en Cuba, pues estaba suscrito a las revistas *Bohemia* y *Visión*, siendo la primera de publicación cubana, y en la que poco a poco vi cambiar las fotos de las *socialités* cubanas a macabras imágenes de fusilamientos en masa y juicios sumarios a cientos de personas relacionadas de alguna manera con Fulgencio Batista y su régimen dictatorial. *Visión* era de alcance latinoamericano, más genérica y conservadora, pero igual de interesante a pesar de mi corta edad. A mis siete años, mi pasión por la lectura era obsesiva e insaciable.

Pero primero haríamos el paseo en auto por Lima con el tío Alberto, ya que diplomáticamente se excusaba después del almuerzo, para dejar a las mujeres solas en su cháchara interminable:

—Bueno, llegó la hora de pasear a los chicos. Con permiso.

Inmediatamente corríamos todos a su reluciente automóvil, un Chevrolet Bel-Air del año 1953, de color gris muy claro con el techo azul oscuro y en impecable estado. Como yo era el mayor, tenía el privilegio de subir adelante, al lado de la ventana, mientras que mi hermano Eduardo y mis primos Rafo, China y Rocío, con un año de diferencia entre ellos, iban sentados atrás. Rafo y Eduardo, menores que yo por un año, ya eran inseparables.

En ese punto, la gavilla de ansiosos viajeros estaba lista para la aventura que en aquellos tiempos era una novedad, y en especial en un auto como el del tío Alberto, al cual cuidaba como la niña de sus ojos. Era siempre la misma emocionante y divertida rutina: camino a La Punta, el tío Alberto soltaba el timón al pasar sobre los rieles del tranvía y nos hacía creer que había encarrilado el auto y que no podía salir. Cada domingo le creíamos, aterrados, y cada domingo, él encontraba la forma de salvarnos de una muerte segura. Luego paseábamos por La Punta, corríamos un poco por el malecón, comíamos un helado Pibe, que en aquella época era un conito de cartón, de un sabor que no he vuelto a probar nunca, y satisfechos y felices, subíamos al auto para la siguiente aventura.

El tío Alberto nos pedía que repitiéramos sin parar la palabra "ballosoyca", y así lo hacíamos, aun sabiendo que lo que se escucharía sería "caballo soy", pero era divertido y, además, había que darle gusto al tío, que, después de todo, nos sacaba del marasmo dominical al que estaríamos condenados si no fuera por él. Con toda la familia presente, no podíamos correr por la casa, ni pelearnos, ni romper o desarmar algo, así que nobleza obliga, y le concedíamos al tío Alberto sus minutos de tomarnos el pelo.

Además, así nos relajábamos un poco, pues el destino final era emocionante y terrible, como para petrificar a cualquiera: ¡Iríamos por la avenida Arequipa, donde podíamos perder la cabeza y el estómago al pasar por el *bypass*!

Ninguno de nosotros decía nada, pero el miedo se reflejaba en el rostro de todos. El temido *bypass* era el único paso a desnivel de Lima, ciudad plana y rectangular. Estoy seguro de que era conocido por todos los niños de mi edad, ansiosos de alardear de haberlo cruzado. También estoy seguro de que muchos mentían al respecto.

En silencio, y muy alertas, nos agacharíamos todo lo que podíamos, agarrándonos el estómago con ambas manos, para que no se volara en el momento que el tío Alberto diera la orden con un vigoroso: "¡Ahora!".

Sabíamos que estábamos intactos cuando sentíamos que el estómago volvía a su lugar. Podría jurar que al menos un par de veces sentí que la vida se me iba a escapar de los brazos, pero felizmente siempre sobreviví para contar una nueva versión de esa aterradora aventura.

Nos mirábamos a los ojos, satisfechos de nuestra valentía. y en algunos casos, muy pocos, por cierto, repetíamos la aventura de regreso. Sin embargo, la mayoría de las veces preferíamos regresar por Petit

Thouars. Los hombres, por supuesto, decíamos que era para que las chiquitas no se asustasen.

Nuestro regreso marcaba el inicio de la despedida, que, para desesperación nuestra, solía tomar mucho tiempo, pues con movimientos que parecían cuidadosamente estudiados, las tías iniciaban otro diálogo sobre un nuevo chisme o una receta que habían encontrado. En vano tirábamos con vehemencia de la mano de la tía Maruja mientras el tío Alberto esperaba impasible sentado al volante del automóvil.

En un viaje que se nos hacía interminable, llegábamos al parque con el corazón en la boca aguardando que Rafo sacara la pelota para ir a jugar. Como una situación planeada, César y Julio, hermanos y vecinos de Rafo, ya estaban esperándonos, y a veces también el Choclo, que vivía dos casas hacia el otro lado y que era malísimo jugando fútbol.

Julio era de mi edad y César y Choclo menores que todos, así que era fácil armar dos equipos de tres. Por razones de afinidad e incompatibilidad los equipos siempre eran con los hermanos en bandos opuestos, por lo que Julio, Choclo y yo jugábamos contra Eduardo, Rafo y el Enano, cariñoso apelativo que siguió a César toda su vida, así como a mí me siguió Nani, abreviación de Fenanito, como me decía mi hermano El Gordo, tal como todavía lo conocen en nuestro antiguo barrio.

El verdadero nombre del Choclo lo supimos tiempo después, cuando un día su mamá salió a preguntar por Alberto dejándonos a todos desconcertados por un momento. Tuve la desafortunada lucidez de preguntarle:

—¿Quién? ¿El Choclo?

—¡Mi hijo se llama Alberto, y no Choclo! ¿Quién le ha puesto ese apodo?

—Señora, él ya vino así —contesté yo, inocentemente.

—¡Alberto, Alberto! ¡No quiero saber que lo llaman con ese mote, ya saben!

Su tono de voz no dejaba dudas. De ahora en adelante, cuando fuéramos a buscar al Choclo, preguntaríamos por Alberto.

—Sí, señora. Alberto.

La mamá de Choclo no era una de las numerosas "tías" de cariño con que contábamos los niños de aquel entonces, pero en general nos trataba bien, considerando todas las gamberradas que hicimos y de las que fue víctima en numerosas ocasiones. Ella iba a quejarse directamente con "el jefe"; la tía Maruja.

Luego recibíamos la amonestación correspondiente con la severa e inflexible orden de no volverlo a hacer más, que solía tener una vigencia horaria y si la falta era muy grave, diaria.

El resto era fácil. Teníamos unas piedras que guardábamos al pie de uno de los árboles y en unos segundos ya teníamos marcados los arcos y empezábamos partidos interminables, en los que cada uno llevaba una cuenta diferente de los goles de su equipo. Sancionábamos los "fauls" por mayoría, así como los saques de fuera de cancha. La discusión de los goles era un poco más complicada y era ahí donde los resultados del partido empezaban a ser diferentes. Al final, eso no importaba demasiado. Jugábamos hasta que ya no podíamos más o cuando llamaban a alguien para el lonche o para entrar a la casa. Eran sin duda las mejores horas de toda la semana. La emoción y esa sensación de desafío y competencia permanecen aún como parte de mis mejores recuerdos.

Con el tiempo, nos mudamos a San Antonio y tuve la suerte de vivir frente a mi parque. El barrio fue creciendo poco a poco y ahí conocí a mis amigos de toda la vida. Los partidos de fútbol se hicieron más intensos y tuve mil aventuras, como cualquier niño que vive frente a un parque. Tuve muchas peleas, ya que era uno de los mayores, y aprendimos juntos a montar bicicleta, armar carro-patines, jugar bolitas, trompo, run-run, yoyo, cometas, amén de cometer mil travesuras que nos metieron en más de un problema. Y el parque siempre estaba ahí, sólido y silencioso, esperando llenarse de los gritos y risas de los chicos traviesos que torturaban el sufrido pasto y bloqueaban los canales de regadío para poder jugar sin mojarse.

Sin embargo, siempre sentí que cuando llegaba a sentarme en nuestro árbol favorito, aunque fuera para charlar con mis amigos, me daba la bienvenida.

Dejé el barrio y a mi parque cuando cumplí doce años, en un día muy triste, pues nos mudábamos fuera de Lima. Ya nada fue igual.

Un día, así como nació, el parque empezó a morir. Llegaron las excavadoras, mucho más grandes esta vez, y el progreso acalló los millones de risas, juegos y aventuras que el parque albergaba.

Pero cuando recién lo conocí, cada vez que me iba, lo miraba como para que se mantuviera en mi mente hasta el siguiente domingo, cuando volveríamos a vernos, con la seguridad que uno tiene a esa edad, en que los padres, los amigos y los parques van a durar para siempre.

La vida me enseñó que no es así, aunque el corazón se empeñó en conservarlos tan presentes como cuando se tienen siete años.

Jenny número uno

Es mucho más fácil escribir sobre recuerdos agradables o graciosos. Pero, lamentablemente, la vida tiene un poco de todo.

Hay momentos felices, momentos graciosos, momentos agitados, momentos tranquilos, momentos espeluznantes y momentos tristes y trágicos.

Pero pienso que uno es afortunado en la vida si esta es entretenida. No digo feliz, ni maravillosa, simplemente entretenida.

Creo que el infierno, en vez de tener esos fuegos abrasadores con que lo pintan, debe ser más bien el clímax total del aburrimiento, algo así como la quintaesencia del tedio absoluto.

Me pregunto si yo en realidad he tenido eso. Los resultados me dicen que sí, no sé si por circunstancias o por iniciativa propia, probablemente un poco de ambas.

Difícilmente me he aburrido y prefiero pensar que he encontrado con los años, armonía; y con la armonía, paz.

Creo también que lo que uno recibe en sus primeros años es fundamental para lo que pasará en el futuro. La manera como cada uno recuerda, siente y reacciona de adulto es formada en la infancia. En mi caso, la óptica con que miro la vida está teñida de lo que pasó en mis primeros años.

Yo fui el primer hijo de mis padres (por lo menos de acuerdo con los registros municipales de Arequipa), y mis tres primeros años fueron los que se llamaría de abundancia. Muchos juguetes, casa grande, vida muy cómoda y un ama para cuidarme.

Solo dos incidentes que me fueron contados, porque yo no los recuerdo, son dignos de destacar. Tuve meningitis y me caí de las escaleras del segundo piso abriéndome la frente. De ello solo quedan mi excesiva torpeza, algunos problemas de coordinación y una cicatriz entre las cejas, que luego me encargué de hacer más notoria. De vez en cuando siento que mi excesiva sensibilidad en algunas cosas se debe a la meningitis, pero no puedo asegurarlo. El caso es que soy muy sensible. El corazón es quien gobierna mi vida la mayoría del tiempo, muy a pesar de las quejas de mi cerebro.

A mis tres años nos tuvimos que mudar a Lima a la casa de la mamamita, la mamá de mi mamá, porque los negocios de la familia, que eran básicamente manejados por mi padre, quebraron por razones que no vienen al caso explicar ahora. Primero uno, luego otro, y así. No es que fueran muchos tampoco, pero permitían vivir bastante bien.

A los veintiocho años, mi padre tuvo que empezar no de cero, sino de más abajo, pues asumió las deudas pendientes. Consiguió un trabajo en el Ministerio de Fomento de esa época, para construir carreteras en la sierra de La Libertad. Recuerdo haber llegado hasta Huamachuco en la carretera que él construyó.

Mi madre, mi hermano Eduardo y yo tuvimos que compartir una habitación en la casa de la mamamita, una casona antigua en el centro de Lima. Aún recuerdo los tablones del piso, que estaban llenos de astillas, pues no existía tratamiento adecuado para pisos de madera en ese entonces. Como caminábamos sin zapatos, mi hermano y yo teníamos que sacarnos las astillas con una aguja. La cirugía aquella no era para nada agradable.

En esta casa no había jardín, sino corral. Recibíamos de mis tías del norte un pavo o dos cada cierto tiempo. La ventana de nuestro cuarto daba al corral y puedo dar fe de la estupidez de estos animales, que vanamente trataban de picotear en el cristal al pavo que veían reflejado al frente desde las seis de la mañana. Era encomiable su persistencia en el error y parecían ser más humanos de lo que muchos piensan.

Fueron años difíciles. Mi madre tuvo que empezar a trabajar y pasábamos los días a cargo de la mamamita, mujer fuerte y autoritaria que manejaba la casa y las empleadas con una vara. No como la de las brujas o las hadas madrinas. Esta era gruesa, de medio metro más o menos y era para disciplinar a las empleadas. Eran otros tiempos, sin duda. A nosotros nunca nos pegó, pues éramos más veloces que ella, pero aún recuerdo el ominoso y humillante correctivo de ir a sentarme en el escusado, con los pantalones abajo y la puerta abierta por una hora como castigo por algo que hice y que me es imposible traer a la memoria.

Esa abuelita dulce y cariñosa de los cuentos de hadas no llegó sino hasta muchos años después, cuando la edad logró vencer al carácter.

Pasamos ahí cinco años. Cada año era más difícil controlarnos y éramos verdaderas joyitas, Eduardo y yo. Desde que recuerdo, nos agarrábamos a golpes todos los días. Los motivos para iniciar las peleas me son desconocidos hoy día, pero era como un guion estudiado, un libreto que era siempre el mismo: Eduardo, menor que yo por año y medio, instintivamente cargante y fastidioso, empezaba a joderme con algo, yo perdía la paciencia y le pegaba, él lloraba y me pegaba mientras yo me reía, hasta que finalmente me daba un golpe que me dolía, y empezábamos de nuevo. Podíamos hacer esto por horas...

Una vez nos compraron unas espadas romanas de plástico duro y solo las pudimos usar por un día. Esa noche, mi mamá las botó a la basura al ver que sus dos hijitos parecían haber sido pintados a franjas rojas. Nos dimos de alma. ¡Qué buen recuerdo aquel!

Mi padre solía venir una vez cada uno o dos meses, pues solo viajar hasta Trujillo desde Huamachuco tomaba casi dos días en ese entonces, y un día más para llegar a Lima. Se quedaba un par de días y regresaba a la sierra. El pobre hacía lo que podía en esa época. Nos llevaba a las matinales del Cine Tacna a ver dibujos animados del Pájaro Loco y el Super Ratón, y trataba de pasar la mayor cantidad de tiempo con nosotros.

También tenía que dedicarle atención a mi madre, ¡y eran tan pocas horas las que tenía a su disposición! Solo sé que nos adoraba, como adoró a todos sus hijos. Somos cuatro hermanos en total, dos del segundo matrimonio. Para todos los efectos somos hermanos, no medios hermanos u otra estupidez políticamente correcta. Entre nosotros, se es o no se es hermano.

Mientras tanto, yo me convertía en un obsesivo lector de chistes o cómics, como les dicen ahora. Lo único que quería era que me compraran chistes, y hacía que una de las empleadas me los leyera una y otra vez. Cada vez que llegaban mis tías de visita, les pedía propina para comprar mis revistas. En especial la tía Maruja me daba siempre para un par de mis favoritas. Mi mamá, por supuesto, me traía una que otra casi cada día. Incluso en los periódicos, me gustaba ver los avisos de publicidad.

Un día, y así de repente, miré un aviso de un detergente que se llamaba Maravilla y, sorprendido, ¡me di cuenta de que podía leer todo lo que decía! Yo tendría probablemente cuatro años, porque aún no iba al colegio y en esos días no existían los nidos o cunas infantiles.

Sin entender claramente lo que me estaba pasando, comprendí que eso iba a cambiar mi vida. ¡No más empleada! ¡No más tener que rogarle, pedirle, ordenarle, suplicarle, chantajearla para que me leyera un chiste! Mi primer paso hacia la libertad estaba dado.

Fui corriendo con mi mamá, a decirle que ya sabía leer, y así se lo demostré leyendo todo un artículo del periódico. Al contrario de lo esperado, mi madre se molestó y fue inmediatamente con la empleada a pedirle explicaciones, pensando que ella me enseñó a leer. Finalmente, y en reunión formal, toda la familia tuvo que aceptar el hecho de que había aprendido a leer por mí mismo.

No fue sino hasta varios años después que me enteré de la razón de esta sorprendente reacción; el médico que me trato de meningitis le dijo a mi madre que era probable que quedaran algunas lesiones y que era preferible no obligarme a hacer ningún esfuerzo mental, e incluso le dijo que me pusiese en el colegio un año más tarde de lo normal. En otras palabras: "Señora, no se angustie mucho si su hijo le sale un poco taradito".

Mi madre me puso en kindergarten a la edad indicada y dos meses después me pasaron a transición. Mi mamá no se enteró sino hasta medio año, cuando fue la clausura del primer semestre. Ya era tarde. Resultó que no solo no me atrasaron, de acuerdo con las indicaciones del médico, ¡sino que me adelantaron un año!

No creo que tuviera una inteligencia superior; lo que tenía era una personalidad obsesiva, vehemente e impaciente y una curiosidad rayana en la locura y temeridad que me ha perseguido toda mi vida. Ahora, calificarme de bruto, tampoco, tampoco.

En fin, cuando mi madre aceptó que lo mío por leer era una pasión, empezó a comprarme cuidadosamente libros. Me compró *Corazón* de Edmundo de Amicis, bellísimo libro, y otros de aventuras, no muy largos, para que no me cansara.

Mi madre era también ávida lectora y recuerdo que estaba leyendo *Ben-Hur*, de Lewis Wallace, una novelita de alrededor de seiscientas páginas en rústica. Ese fue en realidad el primer libro que leí (a escondidas, claro está). Lo leí una y otra vez, y mi imaginación me trasportaba a las galeras, al Coliseo Romano, a Jerusalén y África, y siempre con emoción, temor, alegría, y sobre todo pasión. Odiaba a Mesala con todas mis fuerzas. Lloraba, reía, sufría, era un torrente de emociones e imágenes que llenaban mi vida. Por supuesto a esas alturas, mi mamá vio que había partes del libro que me sabía de memoria, y no le quedó más remedio que llevarme a ver la película.

Fuimos al Cine Metro, y me engalanaron y perfumaron, hasta terno me pusieron. Vi la película casi sin moverme o respirar. Era sobrecogedora e impresionante. Otra obsesión acababa de nacer en mí: el cine. Debo haber visto unos cuantos miles de películas. No tengo idea cuántos libros, pero en ambos casos, perdí mucho tiempo por no saber seleccionar. Era una máquina procesadora de textos e imágenes, salvaje y silvestre, sin proceso de selección alguno.

Ya por ese entonces, mi madre empezó a cultivar otras aficiones en mí; me compraba discos de música clásica, y yo me sentaba a leer en la sala, con mi tocadiscos (sí, mío a los seis años) y ponía a Beethoven, Tchaikovsky, Chopin en especial. Cuando solo quería escuchar música, ponía zarzuelas, otra pasión de mis padres. Escuché *Luisa Fernanda* hasta que se gastaron los surcos y hubo que comprar otro disco.

Sin falta asistía a la temporada de zarzuelas de la compañía de don Faustino García. Fui con mi madre por varios años. La impresión de lo que viví ahí llenaría varias páginas más, sin duda.

Teníamos también unas tías, las hermanas de mi abuelo, que vivían encima del famoso Restaurante Cordano del centro de Lima, en la esquina de Palacio de Gobierno. Era la casa del bisabuelo, fallecido ya, y en esa casa vivían todas las tías solteras. (En realidad, todas se quedaron solteras). Mi tía Pepa, la mayor, era muy cariñosa, pero también muy feíta la pobre. El bisabuelo, fiel a la tradición, decidió que si no salía la primera no saldría la segunda, ni ninguna otra, condenando a la soltería a las cinco tías abuelas.

Mi madre solía llevarnos de visita una vez al mes y nos daba propina para besar a la tía Pepa, porque tenía bigote y una voz muy gruesa. Este es tema de otra historia.

Para mí era un día especial. Mi mamá, con otra de mis tías (Emilia, creo), me llevaban a la biblioteca del bisabuelo. Era una habitación con muy poca luz, incluso artificial, y calculo que tendría unos tres mil libros. Las cuatro paredes, casi desde el suelo hasta el techo, estaban llenas de libros, adicionalmente a unos muebles con libros también, al centro de la habitación.

Ellas se sentaban a conversar y me dejaban que escogiera los libros que yo quisiera. Por supuesto, casi no entendía los títulos ni los autores, pero estaban todos los libros de la Editorial Molino, y de la colección Robin Hood, que eran libros para jóvenes. Tuve así la suerte de conocer a Julio Verne, Emilio Salgari, Luisa May Alcott y Alejandro Dumas, entre otros.

Podía llevarme cuatro o cinco, de acuerdo con el precio, porque la tía no era tonta. Cada libro costaba.

Regateaban un poco, yo ponía cara de Cristo pobre y salía feliz, con la nueva dosis de droga para el mes.

Lo que realmente admiré siempre de mi madre fue su capacidad para hacerme ver las cosas en una manera que no era impuesta. Una vez que algo estaba definido en mis gustos, no paraba de estimularlo de múltiples maneras.

Llegamos a compartir algunos libros y comentar sobre ellos, y a veces cuando llegaba y yo estaba escuchando a *Luisa Fernanda*, se sentaba conmigo a disfrutarlo.

Mi madre era una mujer muy hermosa, de ojos verdes aguamarina que siempre parecían estar mirando más allá de las cosas físicas. Tenía ese raro don de ver dentro del corazón de las personas y del cual tuve la suerte de heredar una pequeña parte.

Cuando cumplí ocho años, a nuestro padre le iba mucho mejor, y nos mudamos a San Antonio. Lo veíamos con más frecuencia y trabajaba en Chimbote, en una constructora privada. Mi madre dejó de trabajar y pudimos disfrutar unos meses de ella a plenitud.

Al poco tiempo le diagnosticaron cáncer linfático, fatal en esa época. Por supuesto, nosotros no teníamos ni idea, solo que le habían hecho una operación para sacarle unos ganglios.

Después de eso, todo fue un poco difuso. Mi madre solía estar en cama muchos días con fuertes dolores, y solo estábamos con ella después de comer, para ver la telenovela *Mamá,* que le gustaba mucho y que recuerdo hasta ahora. Aunque era chico, me encantaba ver a Cuchita Salazar, que era la novia de Fernando Larrañaga, en la novela y de la cual estaba furiosamente enamorado, hasta que un accidente le deformó la cara. Se acabó el amor y su papel como actriz.

En el verano de 1963 yo cumplí once años y entraba a primero de media. Nuestro padre organizó un viaje de Lima a Tumbes que duró casi un mes. Lo pasamos extraordinariamente. La enfermedad de mi madre parecía no nublar el horizonte y todo se veía muy bien.

Llegamos a Lima unos días antes pues ella se puso mal. Pasó unos días en el Hospital de Neoplásicas y regresó a la casa, pero ya estaba siempre en cama.

Yo estudiaba en La Inmaculada, excelente colegio de jesuitas, y que tenía en la secundaria un método interesante para hacer estudiar a los alumnos. Cada dos meses, en vez del examen mensual, teníamos los concursos-examen. La peculiaridad era que, durante una semana entera, solo dábamos exámenes que valían doble, y antes de cada examen, contábamos con varias horas para estudiar.

Yo era buen alumno, siempre entre los tres primeros de la clase, más o menos. Sin embargo, no estudiaba mucho. La verdad, gracias a esta obsesión mía, prestaba mucha atención a las clases, y además leía hasta los periódicos que botaban a la basura. Me leía los libros de texto de cabo a rabo, no una sino varias veces. Creo que mi primer esfuerzo consciente por estudiar fue cuando postulé a la universidad y, con toda sinceridad, me costó muchísimo trabajo.

Cuando llegaron mis primeros concursos-examen, sentarme frente al libro materia del examen por dos horas o tres, era sensacional. Yo no entendía cuando veía a algunos de mis compañeros darse vuelta en las carpetas, desesperarse por no poder moverse o tratar de joder al prójimo para pasar el rato. Para mí esto no era problema.

En la Inmaculada había también otra tradición: la lectura de notas. El padre prefecto, monseñor Bambarén en esos años, se sentaba en el escenario del paraninfo del colegio, frente a una mesa inmensa cubierta por franela verde, con las actas de notas de todos los alumnos del año. Es decir, las secciones "A", "B" y "C".

Empezaba a llamar, uno por uno, a cada alumno. Leía todas las notas y después hacía un comentario, escasas veces positivo, y, la mayoría, negativo, al punto de la humillación.

Recuerdo uno en especial, que me pareció cruel e insultante al extremo:

—Pérez, ¿tú sabes qué pasa cuando pones una manzana podrida en un barril de manzanas frescas?

—No, padre.

—Bueno, te lo voy a hacer saber: se pudren todas. Y tú eres esa manzana podrida. A partir de este momento quedas expulsado del colegio. Anda a tu clase y empieza a recoger todas tus cosas.

Obviamente Pérez quedó destrozado. Ser calificado de manzana podrida a los once o doce años es un poquito prematuro. Por lo que supe mucho después, Pérez regresó al colegio a pesar de la oposición de Bambarén y es una persona bastante decente de acuerdo con los parámetros actuales. El nombre ha sido cambiado para proteger a los inocentes. El de Bambarén no, por si acaso. Me refiero solo a los inocentes.

Después de más de dos horas de angustiante espera, finalmente llegó a la letra "S", y luego a "Salmerón". Yo nunca me he tenido confianza, así que estaba dispuesto a esperar lo peor. Escuché entre brumas:

—¿Salmerón, sabes que puesto tienes?

—No, padre.

—Eres el primero de todo el año, y no solamente eso, te has distanciado del segundo en veintiún puntos. Es la primera vez que ocurre una diferencia tan grande en el colegio. Te felicito.

Luego procedió a leer todas mis notas, y, la verdad, eran bastante buenas. En serio, no esperaba algo así, y me tomó un largo rato descender a la realidad.

Camino al mástil, donde teníamos que formar para subir a los ómnibus que nos llevarían a nuestras casas, pensaba en lo feliz que se iba a sentir mi madre con esta noticia. Ella era particularmente competitiva en lo que a mí respectase. ¡Todo el camino imaginaba cómo decírselo y cuál sería su reacción!

El ómnibus me dejó y corrí a mi casa lo más rápido que pude y cuando llegué me enteré de que esa mañana se habían llevado a mi madre de emergencia al Hospital de Neoplásicas. Nunca más regresaría a la casa y nunca pude compartir mis logros con ella.

Y empezaron las visitas a Neoplásicas. Había orden estricta de no dejar pasar a nadie menor de catorce años debido a la posibilidad de que llevara algún virus o alguna enfermedad infantil que diezmaría a los pacientes si la adquirían.

Cuando llegábamos al hospital nos sentaban en una banca en la entrada, frente al conserje, a mi hermano y a mí. Teníamos la consigna de aprovechar la menor distracción del conserje para salir corriendo y subir a toda velocidad hasta la habitación de mi madre.

Mi hermano siempre arrancaba primero. Eduardo era especial. Nunca podía estar tranquilo. Tenía sin duda una inteligencia superior y mucho más equilibrada que la mía. Reaccionaba siempre más rápido que todos, incluyendo a los tíos, tías, padre, madre y mamamita. Pero en especial, mucho más rápido que su hermano, siempre con la frase perfecta para desconcertar a los adultos y engatusar a los chicos.

Éramos totalmente diferentes, peleábamos todo el tiempo, y, sin embargo, creo que esta tragedia nos unió de una manera tal que cincuenta años después, todavía nos queremos hasta el tuétano.

Nos gustaba ir cuando estaba el tío Pepe. Pepe era el papá de los Menéndez, que en esa época eran solo tres y vivían frente a nosotros en la quinta de Paseo de la República en San Antonio. Los Menéndez llegarían a ser siete.

El tío Pepe era bajito, calvo y tenía bigote y anteojos. Vehemente y apasionado, adoraba enfrascarse en discusiones, con o sin sentido, y era más de la Rosa Toro que muchos que yo conocí. Cuando él estaba en el hospital, bajaba y se encaraba con el conserje en una riña de palabras, y ¡vaya que sí discutía! Apabullaba al pobre hombre que trataba de hacer su trabajo, mientras con una mano en la espalda nos hacía señas para que saliéramos corriendo a las escaleras, y así lo hacíamos. No falló ni una vez.

Nuestra madre estaba en muy malas condiciones. Logró sobrevivir cinco meses en el hospital, pero en esos días la quimio y la radioterapia eran devastadoras. La última imagen que tuvimos de ella fue terrible, pero para nosotros era nuestra mamá, y la veíamos tan bella como siempre, sin exagerar. Sus ojos verdes inmensos y el amor que reflejaban eran suficientes.

Pocos días antes de morir, y ya tremendamente maltratada por el cáncer, la vi por última vez y ella notó de inmediato en mi cara el impacto que me causó verla. Mirándome directamente a los ojos, me dijo:

—Mira siempre dentro y verás a la persona que estás buscando: la verdadera.

Con estas palabras, volví a ver a la mujer enérgica, dulce y soñadora que siempre fue; y su escaso pelo, las terribles ojeras y los surcos a los lados de los ojos desparecieron como por encanto.

Mi pobre padre lo estaba pasando muy mal. Solo muchos años después he podido comprender su tremenda angustia y sus temores, y arrepentirme de las implacables críticas que uno hace de joven. Incluso aceptando la muerte de nuestra madre, de la que él estaba consciente hacía ya varios años, se le presentaba el problema de hacerse cargo de sus dos hijos de once y diez años, uno con reputación de genio y el otro de incorregible, a los que apenas conocía, debido a que se vio obligado a trabajar fuera de Lima casi toda nuestra vida.

Cuando internaron a mi madre por última vez, nos fuimos a vivir con una familia muy amiga de mi padre, gente maravillosa que nos aceptó como hijos con todos los beneficios y responsabilidades. La tía Concho y el tío Ricardo, y sus hijos Puchi, Ricardo y Eddie. Compararnos a Ricardo y Eddie, un poco menores que nosotros, era como tratar de encontrar semejanzas entre el cielo y el infierno.

Su cuarto era impecable. ¡Tenían una pared donde estaban colgados todos sus juguetes, intactos! Nosotros no teníamos ni uno vivo, y la pelota de fútbol era de mi primo Rafo.

Siendo más pequeños, con Eduardo sacábamos todos nuestros juguetes de su caja de madera, los poníamos en el suelo, la caja encima de ellos y luego nos metíamos en la caja y saltábamos hasta que los crujidos desaparecieran. Siempre teníamos algún juguete que nuestra madre compraba o que la tía Matilde nos traía cada domingo. Ninguno pasó de una semana.

Mis libros y chistes estaban destrozados y manoseados. ¡Ellos tenían sus chistes empastados! ¡Diez ejemplares por tomo! Lo máximo.

Ellos habían vivido toda su vida en la misma casa, y nosotros teníamos ya más de cinco mudanzas a los más variados entornos, incluyendo largas temporadas en Chimbote y en la sierra de La Libertad.

El centro de Lima nos resultaba sumamente familiar y yo solía tomar el tranvía de la Plaza San Martín hasta Reducto a los nueve años cuando salía tarde de La Inmaculada a las siete de la noche; ellos no salían nunca de Miraflores.

Fue sin duda un impacto cultural muy grande para ambos lados. Mientras que en la casa del tío Ricardo comíamos con servilleta de tela sobre las piernas y siete cubiertos en la mesa, nosotros veníamos de comer con un tenedor y una cuchara para la sopa, que los ponían en un individual de hule. Para la entrada, segundo y postre, le pasábamos una servilleta al tenedor y listo.

Sin embargo, desarrollamos una extraordinaria amistad y un afecto tremendo que aún perdura.

Me pregunto si ahora yo tendría los huevos de hacer lo que hicieron la tía Concho y el tío Ricardo por nosotros. A los dos, mi hermano y yo les guardamos un tremendo respeto y un inmenso cariño.

Un día mi padre me subió al automóvil y mientras conducía, me explicó claramente la gravedad de la situación. Hasta ese momento yo no tenía perfecta conciencia de que mi madre se iba a morir. Incluso después de esa conversación, abrigaba la secreta esperanza de que se recuperaría.

Recuerdo que era un jueves, porque los jueves eran los días que me ponía medias blancas, que me gustaban mucho, y se veían muy bien con el uniforme del colegio. A las siete de la mañana, la tía Concho subió a nuestro dormitorio y nos avisó de que nuestro padre estaba esperándonos abajo. Corriendo, y listos para ir al colegio, bajamos a saludarlo.

Vestía terno y anteojos oscuros, y la tía Maruja estaba con él, también con sus lentes para sol. Cuando lo fui a saludar, me agarró de los hombros, se agachó y me dijo: "Tu mamá ya se fue al cielo". Antes de que hablara, lo supe y sentí un golpe demoledor. Creo que todas mis facultades bajaron la guardia, porque me fue imposible reaccionar. No podía pensar, hablar y mucho menos llorar. Sin embargo, parece que desde chicos todos tenemos convenciones sociales que debemos cumplir.

Escuché a Eduardo, que estaba con la tía Maruja, llorar desesperado y entendí que tenía que llorar. A pesar de querer cumplir con las normas sociales, las lágrimas no salían y los sonidos de mi garganta tampoco. Estaba sentado sobre la pierna de mi padre y solo atiné a apoyar la cabeza sobre su hombro. Aterrorizado, me sentí una mala persona porque no podía llorar. Lloré por primera vez, e inconsolablemente, tres meses después, en la primera Navidad sin ella.

Un año después, nació la primera hija del tío Max, mi prima Jennifer, y ella es Jenny número dos.

Jenny número tres es mi hija menor.

Curiosamente, tienen la misma mirada dulce y triste y hermosísimos ojos ambas, y son también artistas y soñadoras de corazón como mi madre.

Después dicen que el nombre no influye en el destino de las personas…

Una Navidad "de verdad"

¡Primero de diciembre! ¡Llegó el día esperado! Pepito casi no pegó el ojo esa noche. A sus siete años, esta era la fecha que venía esperando desde que aprendió a leer y escribir unos meses atrás.

Finalmente podría escribir su "Carta a Papa Noel". En Navidades anteriores su mamá las escribió por él, con lo cual le tocaba pasar una censura muy estricta, y, al parecer, su mamá no escribía muy bien, porque muchas de las cosas que le pidió a Papa Noel, nunca le llegaron o fueron reemplazadas por otras que él no había pedido, y que francamente no le gustaban.

Además, su mamá siempre trataba de convencerlo de pedir otros juguetes. Como, por ejemplo, cuando pidió un auto de carrera que había visto en la tele, un "Dinky Toys", como el que tenían todos sus amigos, y le llegó una ambulancia blanca, chiquitita, que era muy bonita, pero ¿cómo se podía hacer carreras con una ambulancia? Él sabía que las ambulancias siempre iban muy rápido por lo de los enfermos y todo, ¡pero jamás participaban en una carrera!

—Mamá, ¿has visto alguna vez una ambulancia en una carrera de autos? ¿Qué van a decir mis amigos?

—Ay, Pepito, a mí me parece muy linda. Y siempre que tu papá ve una carrera, yo veo que hay una ambulancia.

—Mamá, es para los accidentes, pero nunca corre con los otros autos.

—No te preocupes, le va a gustar a todos tus amigos.

Pero Pepito se preocupaba y terminaba camuflando la camioneta con acuarelas y hojas, para decir que era un "vehículo de guerra". Lo mismo pasó cuando pidió una escopeta de verdad y Papa Noel le trajo una escopeta de latón que disparaba un corchito amarrado al gatillo para que no se perdiera.

Así que ahora que ya sabía escribir, pensaba él solito hacer su lista y que nadie le hiciera de intermediario. Pero como su escritura no era del todo perfecta y podía haber algunas faltas de ortografía, pensó en Mario, su vecino, que era como cuatro años mayor que él, y que, sin censurarle ni escribirle la carta, con gusto lo ayudaría a corregir cualquier error.

Pepito tenía todo planeado. Le tomaría tres días escribir la carta, un día corregirla con Mario, un día para ponerla en un sobre y esperar al cartero, que pasaba a diario por la casa.

Aunque casi nadie lo conocía, Pepito desde hace un tiempo había entablado amistad con él sin que los mayores se percataran de ello. Le preguntaba a dónde iban las cartas, quién recibía más en el barrio, y cómo se hacía para mandar una carta. Aprendió lo de las estampillas y todo.

Una tarde de noviembre se atrevió a preguntarle al cartero cuánto costaría mandar una carta al Polo Norte, a Papa Noel específicamente. El cartero sonrió y le dijo que las cartas a Papa Noel eran gratis y no necesitaban estampillas. Entonces Pepito le preguntó si se la podía dar cuando estuviera escrita, y el cartero le dijo "¡Por supuesto! Yo mismo me encargaré de ponerla en el primer embarque al Polo Norte".

Pepito sonrió maquiavélicamente. Estaba todo coordinado. Ahora sí Papa Noel recibiría información original, y no a través de terceros. No habría tergiversaciones ni erróneas interpretaciones.

Así que ese día se levantó listo para poner en marcha su plan; era sábado y todos dormirían hasta tarde, especialmente sus hermanas. Tenía cuatro y no lo dejaban tranquilo jamás. Hablaban todo el tiempo de tonterías, lloraban de cualquier cosa y nunca le daban importancia a los problemas que él tenía. Sobre todo, Mónica, la mayor, le hacía la vida imposible. Tenía un extraño presentimiento de que esto lo perseguiría toda su vida.

Durante la semana anterior consiguió en el colegio papel de doble raya, donde le era más fácil escribir, se sentó frente a su mesita, y empezó la carta. Después de considerarlo por un rato, decidió que lo mejor era ir directo al grano. Su mamá le hacía recordar todas las cosas buenas que había hecho y cuándo se había portado mal, y luego lo escribía en la carta, para fastidio y molestia de Pepito.

Pensó que era mejor decirle que se había portado bien "en general", no entrar en detalles, y que había sacado muy buenas notas. Esto último era muy bueno, pues Papa Noel podía ir a preguntar al colegio y de seguro le darían buenas referencias, sobre todo si estaba la Miss Carmela, que lo quería mucho. Sabía que la Miss Magali, de inglés, no iba a hablar muy bien de él, pero las notas estaban ahí y no mentían.

De inmediato procedió con la parte que se tenía aprendida prácticamente de memoria:

"Para esta Navidad, quiero que me traigas..."

Pepito pensó por adelantado mucho en sus regalos y cómo evitar que le trajeran uno que no se ajustaba a sus requerimientos.

Era muy organizado para su edad. Le dio muchas vueltas a la idea de pedir un regalo sin ser malinterpretado. No quería que sucediese de nuevo algo como lo que le pasó cuando apareció bajo el árbol la escopeta de latón en vez de la de verdad. En esa ocasión para calmarlo su papá le dijo:

—Pero hijo, es de verdad. No dispara balas, pero dispara. —Pepito no contestó esa vez. Algo de razón tenía su padre en eso.

Dio con la solución algunos días antes. No tenía pierde. No había manera de que lo que pidiera fuera cambiado, y continuó con la carta:

"...un perro de verdad, un gato de verdad, un elefante de verdad, una jirafa de verdad, una ballena de verdad, un león de verdad, un tigre de verdad..."

La lista era larga. Cuando terminó la carta, Pepito había pedido veintiséis animales de verdad. Esto no podía fallar. Animales de verdad, son animales vivos, así que Papa Noel no se puede equivocar en eso. Terminó la carta y el domingo fue a ver a Mario, que ya sabía que tenía que corregir solo ortografía y algunos errores gramaticales, pues Pepito le advirtió acerca del alcance de su trabajo.

Mario, entre sonrisas, corrigió la carta y le dijo:

—¿Pepito, no crees que tantos animales son muchos? Papa Noel no trae tantos regalos a nadie.

—Bueno, ya he pensado en eso. Con que me traiga unos diez, voy a estar contento.

—Pero incluso diez son muchos.

—Mario, tú no entiendes. Cuando mi mamá escribía la carta por mí, terminábamos pidiendo cuatro o cinco regalos. Y Papa Noel me traía siempre dos o tres. Por eso ahora, le pido más.

—No creo que funcione así, pero es tu carta, Pepito.

Una vez de regreso a su cuarto, y previamente bloqueado para evitar el ingreso de las hermanas, procedió a meter la carta en el sobre, engomarla para que no se pudiera abrir así nomás, y mirando una carta de ejemplo, puso su nombre y dirección como remitente en la parte de atrás, y al centro del sobre, muy formal:

Sr. Papa Noel
Polo Norte
Planeta Tierra
Presente

Esperó pacientemente hasta que al día siguiente llegó el cartero y entonces fue corriendo a su encuentro:

—Alejandro, Alejandro, acá esta la carta para Papa Noel.

Alejandro, algo cansado por el volumen de correspondencia navideña, y molesto porque los vecinos no le habían dado muchas propinas como se estila en Navidad, recibió la carta de mala gana, y le dijo:

—OK, yo la enviaré. —Y siguió su pesada jornada.

Al final del día se llevó la carta a su casa y la dejó en un estante en la cocina. La carta permaneció ahí durante muchos días, hasta que el 24 de diciembre, que Alejandro no trabajaba, se percató de que tenía la carta de Pepito. Su intención había sido dársela a los padres de Pepito para que supieran lo que él quería.

Alejandro era un personaje solitario. Nunca se casó y tuvo muy cortos romances, que no prosperaron, con dos o tres mujeres. Hijo único, estaba lleno de manías propias de un solterón y se aproximaba ya a los sesenta años. Era muy tímido, casi no tenía amigos, pero era muy buena persona. Siempre que podía ayudaba a alguien en apuros y prefería permanecer anónimo.

No había vuelto a ver a Pepito desde el día que le entregó la carta. Se preguntó cómo se sentiría cuando viera que ningún regalo de la carta llegaría esa noche. Era ya muy tarde para hablar con los padres. No tendrían tiempo para comprarle nada y seguramente le harían pasar un mal rato por ilusionar vanamente a un niño.

Sintió que su corazón se encogía y decidió abrir la carta. Recordó también que hace algunos años, en una de esas fiestas de la oficina, lo hicieron vestirse de Papa Noel, por ser gordo. Se rehusó de todas las maneras posibles, pero al final no le quedó más remedio que ponerse el traje y pasarse la reunión cargando a los hijos de los empleados y dándole un regalo a cada uno.

No fue tan malo después de todo. A él siempre le gustaron los niños. Era mucho más simple y fácil hablar con ellos…

Por su mente cruzó una idea muy aventurada para su carácter, pero sentía que no tenía más remedio que hacer lo que pensaba, hasta que leyó la carta de Pepito.

Al ver que quería veintiséis animales vivos, se le ocurrió mandarlo a vivir al zoológico, pero después lo pensó mejor.

Eran casi las diez de la noche, y todos los negocios estaban cerrando. A toda prisa sacó el naftalinado traje de Papa Noel, se lo puso, se tuvo que afeitar el frondoso bigote, y se pegó la barba y el bigote blancos y se puso la peluca, blanca también. Al mirarse al espejo, pensó que había hecho un buen trabajo.

Con solo la carta y la billetera, se dirigió a una tienda de mascotas de su vecindad lo más rápido que pudo. Encontró al dueño cerrando la tienda y le explicó lo que quería hacer. El dueño lo hizo pasar y Alejandro casi de inmediato vio lo que buscaba, Era una bolita dorada brillante, con dos ojos negros como boliches y una mirada casi humana. Entraba tranquilamente en una mano.

El precio del perrito era prácticamente un mes de sueldo de Alejandro, pero no dudó un instante y lo compró. Al salir el dueño le dijo:

—Vea, este es un Golden Retriever, hijo de campeones. Acá tengo todos los papeles, y puede pasar a recogerlos otro día si gusta.

El cartero sonrió silenciosamente y pensó para sus adentros que esos papeles nunca serían necesarios.

Se lo entregaron en una cajita de regalo, con agujeros para que pudiera respirar.

Alejandro no tenía auto, y ya no pasaba el transporte público a esa hora. Calculó que le iba a tomar como hora y media o dos llegar hasta la casa de Pepito. Empezó a caminar a toda prisa. La noche era una de las típicas noches limeñas de diciembre, húmeda y calurosa.

Mientras tanto, en la casa de Pepito, Pepe y Lucía estaban muy preocupados. Sus cuatro hijas les habían entregado sus cartas a Papa Noel, pero no hubo manera de que Pepito les entregara algo. A las preguntas sobre la carta, Pepito contestaba:

—No quiero que se molesten por eso. Yo ya arreglé el asunto.

Con sus siete años, Pepito sorprendía a veces con sus repuestas y su tozudez. Más que tozudo, era obstinado y perseverante. Una vez que decidía algo, era muy difícil hacerlo cambiar de opinión. Su papá le decía:

—Hijo, si no me das la carta, no voy a poder enviarla, y Papa Noel no va a saber qué traerte. ¡Te advierto que te vas a quedar sin regalo!

—Papá, él ya sabe lo que quiero. No necesito enviarle otra carta.

Pepe y Lucía pensaron que él había escrito una carta y la había puesto en el buzón, así que Lucía insistía:

—¡Mira que las cartas se pierden y si no le has puesto estampillas, te la van a devolver y va a ser muy tarde para mandarla de nuevo!

Pepito tenía respuestas para todo.

—¿Mamá, acaso no sabes que las cartas a Papa Noel no necesitan estampillas? ¡Si lo sabe todo el mundo!

Lucía se angustiaba mucho. Su engreído, el hombrecito de la casa, independiente y coherente, a veces resultaba mucho para ella, que era toda sensibilidad y amor.

Pepe, mucho más práctico, trataba de sonsacarle qué carrito quería, o tal vez si se trataba de pelotas, armas, rompecabezas... Enunció innumerables juguetes, pero Pepito no soltó prenda. No sabía que Pepito tenía el temor de que ellos se comunicaran con Papa Noel para cambiarle alguno de los animales que pidió, o algo así.

Al final, Pepe perdió la paciencia y le dijo a Lucía:

—Este chico es terco como una mula. Por mi parte, que se joda, le voy a comprar un par de carritos, un balde para la playa y una pelota de fútbol. Si le gusta bien, si no, ya aprenderá para la próxima. Le vamos a tener que decir que la carta se perdió por no dárnosla.

—Ay, Pepe, pobrecito. Me rompe el alma, pero este chico es tan especial. A veces me hace sentir tan orgullosa y otras me hace perder la paciencia.

—Tienes razón, pero es un buen chico, y muy maduro para su edad. Veamos cómo capeamos el temporal.

Cuando dieron las doce, y tras el saludo de Navidad, los niños se apresuraron a ir al árbol a abrir sus regalos. Pepito estaba de pie frente al árbol, y no veía ninguno de sus animales. Abrió sin entusiasmo sus regalos, que no eran en absoluto lo que había pedido. Se dijo a sí mismo: *Entonces lo que dice el Gordo Mantilla es cierto, Papa Noel no existe, los regalos los compran los papás.*

Experimentaba la primera gran desilusión de su vida y sentía un profundo dolor. Tanto esfuerzo por nada…

Alejandro seguía caminando a toda prisa y como veinte minutos después de la medianoche, llegó a la casa de Pepito. Tuvo que descansar unos minutos para secarse el sudor, recuperar el aliento y recomponer el disfraz. Agotado, tocó la puerta de la casa de Pepito. Lucía abrió la puerta y cuando escuchó al hombre vestido de Papa Noel decirle:

—Buenas noches señora, ¿Está Pepito por favor?

No supo qué decir y solo atinó a señalarlo con la mano.

Pepito levantó la cabeza y su corazón se detuvo. ¡Ahí estaba Papa Noel en carne y hueso y con una caja en los brazos! Cuando lo llamó, no sabía si estaba flotando o sus pies realmente se movían.

Al llegar frente a él, Papa Noel le dijo:

—Pepito, lamento llegar tarde, pero es una noche de mucho trabajo para mí, y quería venir personalmente para explicarte que una carta a Papa Noel no es una lista de todas las cosas que quieres tener. Debería ser una sola cosa, y es lo que más deseas. Yo no puedo llevar juguetes a muchos niños porque no me da el tiempo ni las cosas que tengo para dar. Tú eres afortunado y por eso te he traído una cosa de las veintiséis que pusiste en tu lista. Pero quiero que para el próximo año pienses bien en lo que vas a pedir. —Y le entregó la caja.

Pepito abrió la caja, miró al cachorrito y le gritó:

—¡Pascual! —Mientras el cachorrito saltaba a lamerle la cara.

A partir de ese momento, Pascual y Pepito se conectaron de tal manera, que ambos sabían que estarían juntos toda la vida.

Pepe y Lucía no salían de su asombro, y cuando Papa Noel se despidió de Pepito y las niñas, que tampoco atinaron a decir nada, llegó a la puerta y Pepe le preguntó de qué se trataba todo esto. Alejandro mintió:

—Ustedes no me conocen, pero encontré esta carta en la calle, y pensé en el niño que no recibiría nada esta Navidad. Decidí por lo menos ayudar a uno, ya que no puedo ayudar a todos los que no recibirán nada. ¡Buenas Noches y Feliz Navidad!

Evidentemente, nunca lo reconocieron. Solo Pascual, que sabía la verdad, movía la cola con un entusiasmo indescriptible cada vez que lo veía, saltaba y le ponía las patas en el pecho, pues terminó siendo muy grande.

Al año siguiente, Pepito escribió una nueva carta que sí llegó a manos de sus padres. Al abrirla, solo decía:

"Querido Papa Noel, este año me he portado muy bien y he sacado muy buenas notas. Para Navidad, quiero que mi regalo se lo des a otro niño que no recibió nada el año pasado".

A Pepe y Lucía se les salieron las lágrimas y a partir de ese año, para Navidad, organizan entregas de regalos a niños pobres de la zona. Alejandro se jubiló y nadie supo qué pasó con él. Pepito se graduó de veterinario y hasta hoy está seguro de que, misteriosamente, Papa Noel sí existe.

Y esta sí es una Navidad "De Verdad".

El amor imposible de
Memo Beltrán y Doris Rivera

Esa madrugada, como a las tres, Memo decidió que ya era demasiado. Tenía que hacer algo, cualquier cosa. No entendía bien qué le pasaba. En el colegio le explicaron un poco de "aquello", pero todo lo relacionado con "aquello" siempre tenía un saborcillo a culpa y pecado que no lo tranquilizaba en absoluto.

Molesto, embarrado y con vagos recuerdos del escabroso y frustrante sueño que le causó ese bochornoso incidente, se desvistió y tomó una ducha fría.

Todo empezó un par de meses atrás, cuando vio un comercial en la televisión de una bebida gaseosa muy popular y que era su favorita, Cholita. En ese comercial hacía su aparición una bella chica en un breve bikini que acentuaba sus insinuantes curvas. Memo quedó obsesionado instantáneamente con ella, Doris Rivera. Él ya la conocía a través de la pequeña pantalla, pues ella ganó un concurso de belleza y se dedicó al modelaje televisivo.

Además, eran los años sesenta, y en la playa ya se podía ver a algunas chicas con bikini, por lo que esto no era tampoco novedad para él. Eso sí, agradecía que le hubiera tocado vivir en esa época, pues las cucufaterías de usar ropas de baño de una pieza estaban quedando atrás. Nadie podía negar qué bonitas se veían las chicas en bikini. Y las minifaldas... ¡Eran lo máximo!

Doris Rivera era la mujer más hermosa y *sexy* que él había visto en su vida, aunque fuera solo por televisión y en revistas. Ni la Miss Universo o las más bellas artistas de cine podían competir con ella, a su juicio.

Aquí ella se mostraba en la playa, corriendo y jugando femeninamente con una gran pelota, y después saboreaba con sensual placer la dichosa bebida. Es posible que saciara su sed, pero también lograba aumentar la del pobre Memo. Se arrebolaba, y su cara mostraba un fuerte rubor, pero lo más aterrador fue la erección. Era igual que cuando necesitaba hacer pila con urgencia o cuando se levantaba en las mañanas.

Hasta ese momento, cuando sentía una, no le daba importancia. Seguía leyendo el *Tesoro de la juventud* o algún chiste nuevo. Ya pasaría. Y efectivamente, pasaba. Pero en este caso, fue la primera vez que le ocurrió al ver a una mujer. Hasta ese día, Doris Rivera era lo que se llamaría un amor platónico, pero el incidente marcó el final de esa etapa y el inicio de una muy tortuosa para Memo Beltrán.

Lo que le pasó la semana anterior al ir a la matiné del domingo con los chicos y chicas del barrio fue terrible. Le tocó sentarse al lado de Connie, de pura suerte, creía él. Connie le gustaba más que las otras chicas, pero estaba seguro de que ella ni lo miraría.

Antes de empezar la película, pasaron algunos comerciales y, para su desgracia, se encontró con Doris Rivera tomando Cholita en la playa, en bikini, a todo color y de cuatro metros de alto frente a él. En Tecnicolor y Cinemascope.

De las catorce pulgadas y la imagen en blanco y negro del televisor de su casa a esto, existía un mundo de diferencia. Fue mucho para el pobre. Sin control alguno, tuvo una erección feroz y dos minutos después una copiosa eyaculación sin absolutamente ninguna intervención suya. Connie lo miró extrañada al ver que él temblaba y se contorneaba en la butaca. Le preguntó:

—¿Te sientes bien Memo?

—Síí. Es que me ha dado un calambre… —murmuró Memo arrastrando las palabras, aún fuera de control, agradecido de haber podido responder algo que tuviera sentido.

—¿Quieres que te ayude en algo?

—¡Nooo! —el grito de Memo se escuchó hasta en la *mezzanine*. Todo el mundo volteó a mirarlo. Su vergüenza se acrecentó.

Permaneció petrificado, sin moverse un milímetro, el resto de la película; y se fue cinco minutos antes del final, con el cine aun a oscuras, casi corriendo hasta su casa. ¿Cómo le podía pasar esto, justo cuando Connie se sentó a su lado? Después de ese suceso ya no pudo, ni quiso, dirigirle la palabra a pesar de que ella le hacía constantes preguntas sobre la trama, a lo que él contestaba con monosílabos, o simplemente "no sé". Vergonzoso, definitivamente. Ella pensaría que él se volvió un retrasado mental o algo así.

Memo había ingresado oficialmente a la adolescencia, esa edad en la que el afán de aprender todo lo posible del sexo opuesto y esas excitaciones febriles al ver una mujer ocupan un puesto prioritario en la mente de cualquier muchacho.

Acababa de cumplir trece años y se estaba iniciando en el mundo de las enamoraditas, los flirteos, las primeras fiestas y los primeros besos. Memo no se explicaba cómo hacía tan solo un año jugaban con ellas matagente y montaban bicicleta, y de un momento a otro dejaron de usar trencitas, faldas vueludas, zapatos blancos con medias cortas y *shorts* hasta la rodilla para pasar a vestidos ajustados y atrevidas minifaldas. Lo peor no eran los cambios aparentes, sino que Memo se percató con sorpresa de que ya no las podía tratar como antes y no sabía ni siquiera cómo dirigirles la palabra. Si antes eran odiosas e insufribles, hoy eran atractivas y misteriosas.

Memo era un chico tranquilo y hasta un poco ingenuo. Era de los primeros de la clase y su conducta era impecable. Dentro de la libreta de notas tenían una categoría llamada "Deberes Generales", totalmente subjetiva y a criterio del colegio. En ella ponían cuatro temas: Deberes Religiosos, Conducta, Aprovechamiento y Deberes Sociales, Siempre tenía la máxima nota en los cuatro. Nunca supo qué significaba Deberes Sociales, pero sospechaba que era para señalar a los que no se bañaban y andaban todos sucios.

Siempre fue un poco tímido hasta que agarraba confianza con alguien, y una vez logrado, se volvía extrovertido, cálido y hasta cariñoso. Pero en este caso,

¿Qué? ¿Qué les podía decir? ¿Cómo empezar una conversación?

Pensaba que los hombres eran más sencillos en todo. Al no tener hermana, no podía saber de la sensibilidad y volatilidad de humor de las mujeres, ni su atención a los detalles, menos aún su obsesión por el espejo y la limpieza corporal. En su opinión, el hombre crecía, se le engrosaba la voz y le salían bigote y barba.

Y uno era más hombre si podía escupir más lejos que los demás. Además, si el escupitajo tenía flema, ya podía hablarse de tener una reputación. Tenía que ser bueno jugando a la pelota y manejando carro-patín. Había que saber volar cometa y jugar trompo. ¡Listo! Eso era todo. Ya se era hombre hecho y derecho.

Intentó averiguar lo que pudo de esta complicación de todas las maneras posibles, pero fue en vano. Su colección del *Tesoro de la juventud* no tenía nada al respecto. Sondeó a su papa, pero este se hizo el cojudo: "Esas son cosas de hombres. Solito te vas a dar cuenta". Entonces pensó en los profesores del colegio, así que habló con el profesor de Anatomía —después de todo, ¿quién más que él para saber de estas cosas?— pero fue enviado a hablar con el padre Gómez, director espiritual del colegio.

El padre Gómez tenía casi ochenta años y le dieron ese cargo porque ya estaba muy viejo para enseñar. Se pasaba casi todo el día en el confesionario haciendo la siesta o repartiendo catecismos y folletitos sobre el despertar del "vigor juvenil" impresos en España hacía más de treinta años. (La palabra "sexo" y todos los términos asociados estaban prohibidos en el colegio). El joven que salía en la portada, de unos catorce años, vestía pantalones cortos, medias hasta la rodilla, tirantes y gorrita. Memo solo había visto esa vestimenta en fotografías anteriores a la Segunda Guerra Mundial, de amigos del colegio del abuelo, que él conservaba con mucho cariño, pues era uno de los pocos recuerdos de su tierra natal. Al hablar con el buen padre, este lo invitó a confesarse y le dio una bendición especial. Pero de respuestas, nada. Es más, al llegar al confesionario, el pobre se había olvidado de la razón por la que estaban ahí, aunque lo confesó de todas maneras. *Nunca está de más*, pensó.

Ya en la mañana posterior a su incidente nocturno, Memo estaba decidido a tomar al toro por las astas. Como era metódico y responsable, hizo una lista de las cosas necesarias para controlar este absurdo problema:

1. Tomar duchas frías (varias al día).

2. No pensar en Doris Rivera jamás de los jamases.

3. Hablar del asunto con el profe de Educación Física. (El único al que le tengo confianza).

4. Preguntarle al Chato Paiva. (El Chato sabe de todo. Eso sí, con cuidado, no vaya a pensar que soy todavía un niño curioso. Ojo: darme mi lugar siempre). Nota Importante: Al profesor de Educación Física también preguntarle ¿por qué me siento culpable, si es tan rico?

Y Memo partió resuelto y optimista al encuentro con su destino.

El día transcurrió sin novedades. Se sentía mucho más tranquilo, ahora que ya tenía un plan. Esperó pacientemente al recreo para ir a hablar con "Ojo de

Gallo", el profesor de Educación Física que se ganó el apelativo debido a un pronunciado estrabismo que él usaba eficientemente para hacer creer a sus alumnos que podía ver en varias direcciones al mismo tiempo. Tipo criollo y campechano, era el único que decía lisuras y los alentaba en los ejercicios con pullas y apodos que todos celebraban.

Lo encontró en el patio con dos defensas del equipo de fulbito de cuarto de media, que habían perdido contra su clase por 4-0. Se carcajeó por dentro al recordar la goleada. ¡Qué tal pateadura! ¡Primero de media, una tira de enanos contra estos manganzones grandotes! Y es que con dos delanteros como el Pescado Yépez y el Chino Yamamura le iban a ganar hasta a quinto con seguridad. Al acercarse lo miraron con sordo rencor, pero Ojo de Gallo les dijo:

—Bueno, muchachos, ¡ánimo y no se ahueven en el próximo partido, ya saben!

El profesor Tenorio era de estatura media, con un peinado hacia atrás hambriento de gomina y una nariz inmensa. Su imagen hubiera sido muy cómica si se añade el detalle estrábico, pero había algo en su manera de mirar, de moverse, que inspiraba mucho respeto. Como que estuviera transmitiendo un claro mensaje de superioridad y agresividad física que instintivamente frenaba cualquier imagen graciosa en la mente de su interlocutor.

Volviéndose a Memo, le preguntó:

—¿Hola, Beltrancito, que necesitas?

—Profe, quería hacerle una consulta muy personal.

—Plata no tengo, carajo. Pídeme otra cosa.

—No profe, para nada. Es algo más íntimo, más serio.

—¡No me digas que te has llenado a una hembrita! Estás muy pichón para eso. Aunque nunca se sabe. En estos tiempos...

—¡No, no! ¡Ni loco! Tiene que ver con eso de la masturbación que nos han explicado en la clase.

—¡Vaya, Beltrán! ¿Ya estás volando cometa? No te preocupes, todos pasan por eso. Es parte de la adolescencia, muchacho.

—Tampoco, profesor Tenorio. —Usó el apellido para que se pusiera serio—. Es algo más complicado que eso.

—A ver, ¿qué pasa, Beltrán?

—El problema, profe, es que no puedo evitarlo. Yo ni me toco, ni nada, pero me despierto así; y el otro día me pasó en el cine. Solito nomás, yo no hice nada, se lo juro, y de repente: ¡todo embarrado!

Ojo de Gallo se rio a mandíbula batiente del pobre Memo, quien lo tomó a pecho y le dijo muy seriamente:

—¿Y usted cree que eso es broma? ¡No se pase, pues profe! A ver, ¿si le pasara a usted?

—No Beltrancito, no me río de ti. Lo que pasa es que lo tuyo es muy frecuente. Claro que no había escuchado de ningún muchacho que le pasara en el cine así, sin tocarse. Te fuiste a ver una de mayores de veintiuno, seguro, ¿no?

—No profe, fue la matiné del domingo, fuimos un grupo grande y era para mayores de catorce.

—Bueno, bueno, te creo. Lo que te está pasando es completamente natural y se llama polución; le suele ocurrir a los muchachos como tú, que están entrando en la pubertad. La mayoría de las veces es durante el sueño. Ahora, así como a ti, nunca he visto, la verdad. Yo no me preocuparía mucho, relájate. Puede ser que estés obsesionado por el asunto. Te aseguro que si lo tomas con calma, no te volverá a pasar.

—¿O sea que no es pecado?

—Mira Beltrán, yo no soy cura, pero estoy seguro de que si no lo haces a propósito, todo está bien. De todas maneras, anda pregúntale al padre Gómez.

—Muchas gracias profe, voy a preguntarle a él. —Memo pensó que eso implicaría otra confesión, más catecismos y folletitos, así que no iría ni pagado.

—Anda nomás, hijo. Ya sabes, deja de preocuparte. No es ningún problema serio. Mas bien agradece. Yo sé por qué te lo digo. —Ojo de Gallo, hombre de edad madura, se quedó pensando con envidia y melancolía en cuánto daría por tener el mismo problema.

La campana indicaba que el recreo llegaba a su fin.

¡Con las justas!, se dijo Memo. Con el alma y la conciencia más tranquila, sentía que el problema ya estaba resuelto. Ya no hablaría con el Chato Paiva, que, después de todo, era medio chismoso y estas cosas eran muy personales. Lo mejor, pensaba, es que él no estaba haciendo nada malo. Podría seguir yendo a misa y comulgando frente a las hembritas, para que vieran que no tenía nada que ocultar. Solo le quedaba explicarle a Connie por qué salió temprano del cine. Bueno, ya llegaría el momento.

No sería problema alguno. Decidió, además, cerrar los ojos y evitar mirar cualquier comercial o foto de Doris Rivera. Era un hecho: no pensaría más en ella.

Pero es fácil decidir y difícil cumplir. Memo no contaba con que al día siguiente se despertaría después de una húmeda y tórrida noche soñando con Doris. Lo poco que recordaba era haberse cruzado con ella en el aeropuerto llevando una botella de Cholita en la mano, y al pasar a su lado ella lo miró muy tentadoramente, con esos ojos entre verdes y azules que lo mareaban. Llevaba un vestido muy corto, de un rojo flamígero. A Memo le bastó verla para tirarse como un gato en celo sobre ella, sin saber realmente qué hacer, pero apretando y acariciando cuantas partes del cuerpo de Doris pudiera. ¡Y en medio del aeropuerto! Sintió que se hundía en un abismo de placer incontrolable y de repente se despertó, justo cuando el sueño le auguraba que lo que venía sería mucho mejor que lo que había experimentado hasta ese momento.

Al despertarse, y aunque un poco mortificado mientras se aseaba con pulcritud, recordó algunas de esas escenas con cariño e ilusión. Se imaginó en una playa paradisíaca con Doris, los dos haciendo el amor de una manera que no estaba seguro si era la correcta, pero con pasión absoluta y mucho amor.

¿Amor? Reaccionó con un violento estremecimiento. ¿Amor?, ¿eso era lo que estaba pensando? Memo dejó paso a sus sentimientos y se dio cuenta de que, en efecto, estaba enamorado de Doris Rivera.

Nunca se había enamorado antes. Las referencias que tenía eran de algunas películas y de los mayores del barrio que ya tenían enamorada. Sin duda era bacán andar por la calle abrazando a una chica, y aquellas parejitas que se sentaban en la parte de atrás del cine lo pasaban bien a todas luces, aunque fuera en una oscuridad casi total. Las ideas contradictorias circulaban a toda velocidad en su confundida mente, en una lucha evidente entre hormonas y sentimientos, de la cual Memo ni se percataba.

Súbitamente sintió que todo tenía sentido.

¡Se había convertido en un hombre adulto! Atrás quedaban las tonterías de peliculitas, flirteos furtivos, y prematuros escarceos con las chicas del barrio. El destino lo llevó a una difícil encrucijada en la cual tenía que optar entre un amor imposible y la vida muelle y fácil de los muchachos de su edad.

Sin dudarlo, Memo entendió que tenía que aceptar el reto. Como le explicó su profesor de Gramática, el camino del hombre era siempre el más difícil. ¡Llegó el momento de demostrarle al mundo, y en especial a Doris Rivera, de qué madera estaba hecho Guillermo Antonio Beltrán Zamora! Pero… ¿cómo?

Eran los tiempos de la televisión en vivo y Memo sabía que Doris era la modelo de un popular programa de entretenimiento, *El show de la una*, que se propalaba por el canal ocho a esa hora, así que decidió no ir al colegio al día siguiente. Iría al canal, y la esperaría en la puerta, confesándole su amor y sus intenciones. Solo le pediría que lo esperara cinco años. A esa edad ya tendría terminada la secundaria y habría conseguido un trabajo con el cual podría mantener un pequeño departamento. El amor llenaría con creces cualquier privación. Mientras lavaba sus calzoncillos y pijama, pues no quería que su mamá se diera cuenta, seguía construyendo con mucha ilusión sus castillos en el aire.

Esa mañana se vistió con sus mejores galas, se afeitó por primera vez aquel bozo que a duras penas se notaba y usó la mejor colonia de su padre. Una última mirada en el espejo le dio cierta seguridad. No se le veía mal y hasta parecía un poco mayor que sus trece años. Cualquiera pensaría que tenía por lo menos catorce.

Se dirigió a la mejor florería que conocía y gastó todos sus ahorros en un ramo de rosas rojas muy hermosas. Ya estaba listo para enfrentar el desafío que cambiaría su vida por completo.

Llegó al canal poco antes del mediodía y se dispuso a esperar pacientemente después de averiguar con el vendedor de periódicos de la esquina cuál era la entrada de los artistas. Este lo miró con simpatía y en un tono irónico le dijo:

—Es en la puerta chica que ves en la calle de al lado. ¿Son para tu enamorada?

—Sí, pero todavía no se lo he dicho.

—¿Es alguna de las bailarinas del *show*?

—No, la que va a ser mi novia es Doris Rivera.

El vendedor no pudo reprimir la carcajada, pero como veía la ingenuidad y sinceridad de Memo, replicó:

—¡Suerte muchacho! Te ves un poco tiernito para ella, ¿no?

—Sí, no crea que no me doy cuenta, Pero estoy dispuesto a todo. ¡Me voy a casar con ella!

—¡Te deseo lo mejor, chiquillo!

Lo miró alejarse temiendo el desenlace de aquel aventurado intento de Memo. Pero con los años que tenía en esa esquina, era testigo de cosas peores.

Unos veinte minutos antes del programa, llegó Doris. La traía un hombre maduro, impecablemente vestido y con aire muy distinguido. El auto era un deportivo convertible del año que hacía que Doris se viera aún más encantadora.

Memo se sorprendió por la multitud congregada para recibirla. Pero logró mantenerse siempre adelante; y apenas bajó del auto, Memo casi se abalanzó sobre ella en un intento desesperado de ser el primero en hablarle. Solo logró asustarla, pero alcanzó a ofrecerle las rosas, un poquito maltrechas y decirle: "¡Doris te amo!" en el tono más apasionado que pudo con lo que el escabroso problema que lo aquejaba tomó control de su naturaleza.

Doris le recibió las flores con una sonrisa y le dijo: "¡Ay, gracias!" y siguió su camino ingresando al canal mientras Memo continuaba estremeciéndose en una situación bochornosa al extremo. Ella ni siquiera se percató del estado de Memo. El gentío alrededor simplemente se desplazó al ritmo de Doris, por suerte ignorando a Memo, quien permaneció en medio de la vereda, avergonzado, humillado y con el corazón hecho pedazos. ¡Cuán terrible es el amor!

A partir de esa situación, Memo cumplió con su resolución de evitar por todos los medios posibles ver imágenes de Doris Rivera, pero el fenómeno de erección súbita le empezó a ocurrir con la sola vista de la bebida que ella promocionaba, la Cholita. Obviamente era una molestia, pero no llegaba a los húmedos límites de las imágenes.

Finalmente, el año escolar llegó a su fin y, a pesar de todo, Memo terminaría con muy buenas calificaciones. Para los exámenes finales, el ministerio enviaba a un profesor externo que como jurado supervisaba la correcta conducción del examen.

Para el curso de Matemáticas, la materia más fuerte de Memo, se presentó un venerable y voluminoso profesor, quien manifestó desde un principio sus molestias por el calor y la sed que sentía.

El profesor Cano, encargado de la materia, distribuyó las pruebas y Memo al recibirla se dio cuenta de que era sumamente sencilla. ¡Sin duda, se sacaría un veinte!

Al momento de empezar la prueba, ingresó un asistente del colegio, llevando unas botellas de Cholita para el jurado y el profesor Cano, como una gentileza.

Ya con el examen en la carpeta, Memo alzó la vista y vio las flamantes y brillantes botellas en el pupitre del profesor.

Memo sufrió el más violento orgasmo del que tuviera memoria.

Solo obtuvo cuatro puntos en el examen final.

Cómo matar a un policía

En octubre de 1968, yo tenía dieciséis años y me estaba preparando para ingresar a la universidad. Vivía con unos tíos, pues mi familia estaba entre Chimbote y Trujillo, al norte de Lima. El día tres de ese mes, yo estaba aún en la cama, como a las seis de la mañana, y me desperté al escuchar a mi tío gritar por el teléfono con alguien que lo había llamado. No estaba molesto, sino que eran tiempos de teléfonos negros de baquelita y había que gritar siempre para ser escuchado. El servicio telefónico era completamente deficiente y solo para unos pocos privilegiados. Tiempo después, me tomó siete años conseguir uno, y solo porque mi vecino, que se acababa de mudar, logró tenerlo antes que yo. Así fue como lo conocí, porque fui a preguntarle cuál era el secreto.

Este señor, muy simpático, por cierto, y muy, muy criollo, me miró como el que mira a un alienígena brotando del suelo repentinamente. Con una cara de auténtico asombro me preguntó:

—¿De veras has pedido teléfono hace siete años?

—Sí. Un poco más, me parece.

—¿Y no has hablado con nadie para acelerar el trámite?

—Bueno, llamo como dos veces al año, y por lo menos una vez voy en persona, pero siempre me dicen lo mismo: "Estamos ampliando las líneas en su zona, así que en los próximos meses debe estar instalado". Así ha pasado el tiempo y sigo esperando.

—¡No pues, hermano! Me refiero a si has atendido a alguien adentro.

No solo me tuteaba, sino que, en menos de cinco minutos de conocernos, ya éramos parientes. Algo me decía que tenía mucho que aprender de mi paisano. Curiosamente, se parecía un poco a mí en la apariencia física, aunque yo lo veía más bajito, más gordito y sobre todo más pendejo. [2]

—¿Atendido? ¿A qué te refieres?

—¡Pucha hermanito, pareces nuevo! Te voy a dar un dato, pero para ti nomás. Llegas a la compañía, en el segundo piso está la señorita Jiménez. Te acercas a su escritorio y le regalas una cajita de chocolates, agradeciéndole su esfuerzo por acelerar tu caso. Dile que vas de parte mía. Adentro de la cajita, dejas tu tarjeta para que te llame en caso de que la tengas que servir con alguna cosa. En la parte de atrás pones tu número de expediente y eso es todo.

—¿Servir? ¿Cómo que servir?

—Ay, cholito, ¿tú acabas de llegar o me estás vacilando? ¡Servir pues, servir! O sea, si ella necesita

---

[2] Esta palabra en Perú y Bolivia se usa de manera coloquial para referirse a una persona astuta o ladina En el resto de Latinoamérica su significado es exactamente lo contrario.

algo y tú la puedes ayudar, la ayudas. Parece que vivieras en otro planeta. Ah, me olvidaba lo más importante: debajo de todos los chocolates, bien acomodaditos, déjale cien dólares en billetes de veinte. Son los únicos que no están falsificando.

En treinta segundos mi problema telefónico fue resuelto por un completo extraño, el cual al toque se convirtió en mi amigo y luego en mi medio hermano mayor. Digo medio hermano, pues él era blancón y al llamarme cholito, implicaba que alguno de mis padres no era el suyo, sino alguien más oscurito. ¡Qué artista! Mi admiración por este vecino era grande, pero decidí que no debía confiarle ni una rupia. ¿De qué vivía? Vendía parches para llantas por millares. Mineras, flotas de transporte, líneas de microbuses. Le iba de maravilla. En un momento de exasperante envidia, maldije a todos mis profesores, padres, tíos, tías y todos aquellos que me inculcaron estas inservibles cualidades de ser honesto, derecho y decente. Felizmente, la rabia se me pasó pronto. Gracias a ello, hoy tengo amigos extraordinarios y son derechos y honestos. Eso sí, sigo siendo pobre.

Pero mi teléfono fue instalado esa misma semana.

Volviendo al tema, la llamada era para avisarle a mi tío que había habido golpe de Estado y que no fuera a trabajar. Para que mi tío Ricardo no fuera a trabajar, era necesario que estuviera en estado de coma, pero a mí me dijo que no fuera a la academia. Muy responsablemente, no fui. Dormí casi hasta el mediodía, con la satisfacción de aquel que sabe que está cumpliendo con su deber. Después de almuerzo, salí al barrio, a ver cómo andaba esto del golpe. No era novedad porque cuando nací, vivíamos en un gobierno golpista, el de Odría; el de Prado, que fue el siguiente, fue derrocado por Pérez Godoy, que vivía cerca de la casa, y este a su vez, por Lindley. El de Belaúnde acababa de ser derrocado por Velasco, así que parecía un incidente previsible dentro de mi realidad. Se mantenía la continuidad, al menos.

Sin duda era un acontecimiento interesante y definitivamente histórico. Con esa curiosidad que siempre ha sido más fuerte que yo, y con la ayuda del Chino, un amigo del barrio, convencimos a Juan, Michael y el Negro para que nos acompañaran, así que tomamos un colectivo y nos fuimos al centro de Lima, a ser testigos de tan importante evento.

La verdad, no sé qué estaba pensando cuando tomé la decisión. Pero en el camino, mientras el chofer nos contaba algunas historias de lo que había visto durante el día, sentía la adrenalina fluir a rienda suelta. Me sudaban las manos y no decía una palabra. Me arrepentía y reincidía, casi a la velocidad de la luz y así hasta que llegamos a la Plaza San Martín.

Había muchísima gente, pero a mí me daba la impresión de que solo estaban curioseando, como yo. No vi manifestaciones, ni grupos organizados, nada. Era evidente que Lima fue tomada de sorpresa, a pesar del tremendo escándalo causado por una sola persona, funcionario del Gobierno, que denunció la omisión de una página, la número once, en un contrato petrolero con una compañía norteamericana, la International Petroleum Company. Es curioso que hasta hoy se cuestionen los motivos de su denuncia. Pero en el Perú es tan raro un funcionario público honesto, que, en un kafkiano sentido, esta denuncia podría no haber sido por motivos altruistas. Nunca lo sabremos.

Una vez en la plaza, el Chino, que pensaba fríamente, dijo:

—Parece que tenemos que llegar hasta Palacio de Gobierno. Ahí es donde debe estar todo el movimiento.

Michael, que gustaba de las emociones fuertes, y mi primo Juan, que arriesgaba la vida siempre que podía, asintieron.

El Negro, vivo y práctico, comentó:

—Claro, pues, si para eso hemos venido.

Yo no dije nada, pero todos asumieron que yo estaba de acuerdo.

Hacia allá nos dirigimos por el jirón de la Unión, cinco escasas cuadras. Poco a poco el ambiente empezó a cambiar. Yo sentía el aire más pesado, había más gritos y por momentos pasaba una oleada de gas lacrimógeno, remanente de algunas bombas tiradas en otro lugar o más temprano. Solo sé que es una sensación muy desagradable, no se puede respirar y la nariz y los ojos arden insoportablemente. Tratamos de mantenernos juntos y faltando una cuadra y media vi que la gente empezaba a correr en dirección opuesta. Aunque lo que sentía era terror, más que miedo, ya estaba muy cerca para correr sin saber por qué. Me quedé quieto, y en diez segundos se apareció frente a mí un guardia de asalto con uno de esos garrotes que solía tener la policía peruana, enfundados en cuero negro, con la diferencia de que este era tres veces más grande que los normales. En mi memoria, este individuo aún tiene como dos metros de alto y una contextura a lo Charles Atlas. Para los más jóvenes: Charles Atlas era un estereotipo de un hombre fornido y fortísimo, que impresionaba a todas las mujeres con su físico. En realidad, era un gringo que hizo una fortuna vendiendo su paquete de ejercicios físicos por correo. En esa época no existían los gimnasios, excepto para boxeadores, los videos de ejercicios ni siquiera habían sido imaginados y, por supuesto, Stallone y Schwarzenegger eran unos niños.

Probablemente el policía no era tan grande ni fornido, pero de que inspiraba temor, con plena seguridad. Un palazo de esos bastaba para inhabilitar a una persona por varios días. Lo que me salvó en esa oportunidad fue mi parálisis total frente al imponente guardián del orden.

Nos miramos sin movernos por unas décimas de segundo, hasta que una pobre víctima intentó deslizarse por el lado izquierdo y su reacción con el garrote fue instantánea, lo que aproveché para correr hacia el lado derecho. No me detuve hasta llegar a la esquina del jirón Puno. Alrededor mío quedaban unas pocas personas. Retomé mi compostura habitual, es decir, me aseguré de que no me había orinado o algo peor, y caminé lentamente hacia la Plaza de Armas. En la esquina de la plaza se veía una barrera inmóvil de soldaditos armados con metralletas.

Con la ignorancia y temeridad propia de alguien de dieciséis años que tiene la experiencia de haber jugado con muchísimos soldaditos de juguete, seguí caminando. Es más, estaba seguro de que no iban a hacer nada porque tenían metralletas, y no se les iba a ocurrir disparar. Asombrosamente, estaba en lo cierto en esa ocasión; me acerqué cuanto pude y pude ver la Plaza de Armas, desierta, con dos tanques dentro de la explanada de palacio, y varias tanquetas estacionadas en la plaza. Solo se veían soldados y ni siquiera un oficial. Pensé que había corrido tantos riesgos para ser testigo de algo tan soso y falto de acción. Aquí no pasaba nada. Teníamos nuevo presidente, nuevo Gobierno, y punto. Juan Velasco Alvarado, general del Ejército, era el nuevo presidente. La tradición democrática del Perú mantenía una previsible continuidad.

Algo desilusionado, decidí regresar a casa. No pude encontrar a ninguno de mis amigos hasta que llegué al barrio. Regresaron todos juntos y, los imbéciles, de puro preocupados le contaron a mi tío que me "perdieron" en el centro de Lima. Vino la consiguiente puteada y las palabras "inconsciente" e "irresponsable" fueron mencionadas varias veces. Por supuesto, después vino el interés del barrio entero, con mil preguntas sobre qué pasó, qué vi y todo eso.

¡Ah, momento glorioso! Inventé múltiples heridos, un par de muertos, incidentes con tanquetas, luchas con policías, turbas enardecidas y lo que se me ocurrió, sin exagerar mucho, claro está. Por algunos días fui el personaje del barrio.

Así empezó para mí la primera y única dictadura socialista que me tocó vivir. Después viví la dictadura de derecha de Franco. Para mí, hoy dictadura es opresión, injusticia, corrupción, traición y todo lo malo que me pueda imaginar, de izquierda o de derecha.

Ingresé a la Universidad Cayetano Heredia y, poco a poco, mis ideas y pensamientos fueron tomando una tonalidad rojiza, hasta ser al final rojo sangriento. Javier Heraud y el Che Guevara eran mis paradigmas y los libros de Máximo Gorki, motivadores emocionales poderosísimos, en especial: *La Madre*. Participaba activamente en todos los foros políticos posibles, (como oyente, valga la aclaración). Conocí personalmente a conspicuos miembros de Sendero Luminoso, entre ellos a Julio César Mezzich.

Poco a poco, y antes de viajar a España, me fui decepcionando al ver las luchas internas, no de ideas sino de poder. Algunos egos eran simplemente monstruosos. Finalmente, un día escuché a un dirigente de la universidad en una discusión con varios estudiantes sobre su visión de la pobreza y de los indios y mestizos del Perú.

Uno de los estudiantes, podríamos decir un "pituco", aquel de clase alta, patán, desconsiderado, egoísta y racista, al escuchar ciertos argumentos sobre los pobres, dijo:

—Indios de mierda, hay que matarlos a todos.

Este dirigente, también "pituco", ataviado con zapatos americanos Florsheim, pantalones Levis y otros accesorios importados, le contestó:

—Estoy de acuerdo contigo. El problema es que no puedes matarlos a todos

Vaya. O sea, que era una opción. Parece que es cierto aquello de que en política no hay que ser ingenuos.

Los años pasaron. Viajé a España, me quedé por un año y regresé, o mejor dicho me regresaron por razones que merecen otra historia. Mi padre murió a los pocos meses y algunos años después, ingresé a la Universidad San Martín con el primer puesto, que no es mérito ninguno, y entré a trabajar a ENATRU PERU —Empresa Nacional de Transporte Urbano del Perú, la empresa de ómnibus de la Municipalidad de Lima, APTL— que había sido "nacionalizada" por el Gobierno y ahora era propiedad del gobierno central.

La vida transcurría tranquilamente para mí. Lejos estaban mis inclinaciones políticas. Tenía que trabajar para vivir, pero sobre todo para divertirme. Andaba con mis inseparables amigos que me cuidaban desde el colegio, Miguel y Armando, su hermano Mario, y una pequeña pero peligrosa banda de Ciencias Sociales de la Universidad Católica, donde estudiaba Armando. Toda gente de mucho talento.

Veíamos, impotentes e impávidos, la secuela de nacionalizaciones y expropiaciones, manejadas con muy escaso criterio y con una ineficiencia que forzosamente tenía que requerir esfuerzo adicional. La Reforma Agraria, la nacionalización de la banca, del petróleo, de la pesca, de los medios, de la minería, cada cual peor y viviendo de los fondos públicos en gran parte. No voy a criticar ninguna expropiación, a excepción de la de los medios. Tenían que ser brutísimos y muy audaces para hacerla como la hicieron, pero el tema del relato es otro.

Un sábado en la noche, mientras estábamos timbeando en la casa del Kid, uno de los miembros de la banda, el Chicha, bandolero también, comentó que la policía estaba en huelga. Era primero de febrero de 1975 y Armando, siempre el más rápido y ocurrente, replicó:

—¿O sea que podemos tirar cabeza en cualquier parte?

Todos reímos con la ocurrencia, pero nadie creía que lo que señalaba el Chicha pudiera ser cierto.

Dado que los medios solo publicaban lo que el Gobierno quería, a pesar de haber sido "democráticamente" repartidos entre los diversos sectores sociales, Lima vivía de bolas, es decir, rumores que iban de boca en boca. Lima es una ciudad chismosa y engreidora, así que todos soltaban las dichosas bolas y las engalanaban con detalles para tratar de hacerlas más creíbles. Creo que muchos limeños eran felices con esta seudo-realidad y vivíamos tan tranquilos, sabiendo que nos mentían, pero las propagábamos con entusiasmo, alegría e imaginación, mucha imaginación.

El domingo, en la casa de Armando, donde me habían adoptado como a un hijo más, su papá, don Tomás (hombre serio y severo, y al cual le debo muchísimo, al igual que a su esposa, la señora René) habló de lo mismo: que un sector de la policía se declaró en huelga; y él no era de chismes ni rumores. La cosa debía ser un poco más seria. Don Tomás no soltaba prenda así nomás. Mario dijo que no había visto ni un policía en la mañana. Yo pensaba que se venían tiempos interesantes.

Al día siguiente me fui a trabajar como todos los lunes, resignado y preguntándome cuándo sería millonario. Sigo pensando lo mismo cada lunes, casi cincuenta años después. Yo tenía que tomar un microbús naranja, que todo el mundo llamaba "Covida", que era una urbanización casi en las afueras de Lima. El maldito micro recorría cada distrito de Lima y tenía una ruta técnicamente de lo más absurda. Daba vueltas y vueltas, tornaba, retornaba y era siempre el ejemplo de cómo no se debe diseñar una ruta de transporte. Sin embargo, siempre estaba lleno y parecían ganar buen dinero. Luego tomaba la línea 76 hasta la cuadra dieciocho de la avenida Argentina, donde quedaba ENATRU (Empresa Nacional de Transporte Urbano), donde trabajaba. Me puse a buscar policías y no vi ni uno. El trayecto duraba en total como hora y media. La gente comentaba en el micro sobre la huelga y se podía ver que algunas personas parecían preocupadas por el asunto.

Finalmente concluí que el rumor era cierto. En la oficina, con los contactos que tenían en el Gobierno, confirmaron la noticia. Yo trabajé como todos los días, y salí para la universidad. Lo mismo. Todo el mundo hablaba de la huelga. Llegó el martes y por fin la noticia se publicó en los diarios, acompañada como ya era costumbre de un Comunicado Oficial, que en resumen decía que un pequeño sector de policías se declaró en huelga, pero que el Gobierno Revolucionario, consciente de su deber patriótico, había dispuesto la salida de efectivos del Ejército para cautelar el orden.

El martes tampoco vi ningún policía y tampoco vi ningún soldado, tanqueta o rochabús[3]. Las bolas ya hablaban de algunos incidentes de turbas asaltando

---

[3] Vehículo rompe manifestaciones

tiendas y centros comerciales. Lástima que fuera martes y que tuviera que ir a estudiar. Era la oportunidad perfecta para probar la hipótesis de Armando, pero la responsabilidad pudo más. Eso, y que Armando también estaba estudiando esa noche.

Como a las diez de la mañana ya teníamos reportes por radio de algunos buses apedreados y con los vidrios rotos. Siempre que ocurría algún problema, la gente se desfogaba con los ómnibus. Absurdo, porque destruían aquello que usaban para poder trasladarse. Entendía eso de romper puertas y ventanas de oficinas públicas, al fin y al cabo, lo trataban a uno como animal, o los autos de los generales y funcionarios públicos, ¿pero los ómnibus?

Casi de inmediato, entró el primer bus. Tenía todos los vidrios rotos, las cuatro llantas cortadas y el chofer sufría un ataque de pánico. Inmediatamente se llamó a todas las unidades para suspender el servicio. Unos doce ómnibus fueron casi destrozados. Incendiaron uno; en este caso el chofer, con gran astucia, se quitó la casaca de uniforme y se bajó, dejándolo a merced de la turba. Yo lo hubiera ascendido. Es el único que a mi parecer obró con inteligencia, aunque a lo mejor era simplemente miedo. Vaya uno a saber.

Media hora después, nos mandaron a nuestra casa, Un amigo mío, Juan, me dijo que me podía dejar por el centro, porque tenía que recoger a su esposa del Ministerio de Transportes. ¡Oportunidad de oro! En el camino, se podía apreciar que la ciudad estaba en estado de guerra civil. Todo cerrado. Gente corriendo por todos lados, manifestantes con pancartas y hordas sedientas de saqueo. Al llegar al ministerio, le agradecí a

Juan, y al querer salir, me lo impidió. Él y Carlos, otro amigo, exclamaron:

—¿Estás loco? ¿No has visto cómo están las cosas? ¡No, ni hablar! ¡Te dejo más allá!

Juan me dejó en la esquina de Brasil con Pershing, bastante lejos del movimiento. Yo me había callado la boca, y apenas me bajé, tomé un micro amarillo con negro, que decía "Estadio Nacional". Perfecto. De ahí podría caminar a Radio Patrulla, que era donde empezó la huelga, luego dirigirme al Centro Cívico y después, cómo no, a la Plaza de Armas.

Al bajar del micro, me dirigí a Radio Patrulla. El olor a gases lacrimógenos, que ya me era bastante familiar, impregnaba el ambiente. Lloroso y con la nariz ardiendo, llegué hasta ahí sin mayores problemas. Habían incendiado un par de autos en las inmediaciones, pero parecía tranquilo, cuando en eso me percaté de que el portón de entrada a una de las comisarías, que tenía una puerta corrediza vertical de metal, fue violentada. La puerta corrediza parecía un gigantesco papel arrugado. Sin duda producto de la embestida de un tanque o vehículo similar. Me seguí acercando despacio y pude ver las paredes de ladrillo rojas llenas de orificios de bala. Eran cientos, sin exagerar. En ese momento pensé que tenía que haber muchos muertos, pero todo parecía tranquilo. Se veían tanquetas por todas partes pero, sorprendentemente, nadie sabía nada. Estaba frente a la puerta y no se encontraba un alma dentro. Un auto patrullero con numerosos impactos de bala parecía decir: "Soy el único que queda, y espero que alguien entienda lo que ha pasado". Mi imaginación es fértil, y pude visualizar la escena fugazmente. Al lado mío apareció un soldado imponente, no esos soldaditos levados sino un profesional. Curtido, sólido y con unos ojos impenetrables, casi vidriosos. Me miró y no necesitó decir nada. Crucé la calle a toda velocidad.

La gente que circulaba compartía noticias de lo que estaba pasando en otras partes. Escuché que quedaba todavía una camioneta en llamas en la Plaza Jorge Chávez y me fui hacia allá. Nada especial, incluso con unas cuantas llamas y humeando, pero no pasaba nada, así que me dirigí al Centro Cívico, donde pude ver que el fuego del edificio no se había extinguido, un auto estaba aún en llamas y el acceso se encontraba bloqueado. Decidí irme al centro. Podría parar en la óptica de Mario y Armando y conversar un rato sobre lo que ellos vieron. Casi todas las calles estaban cerradas, pero gracias a Mario, que me enseñó atajos y callejones para cortar camino, logré pasar a los soldados que resguardaban el área. Entré por la puerta del Hotel Riviera en la avenida Tacna, y salí al otro lado, en la calle de atrás, Rufino Torrico, burlando el control militar.

Pude cruzar la Colmena subrepticiamente, por un atajo al lado del Cine Le Paris, en una galería aledaña que al final tenía una puerta maltrecha y en desuso, pero pasar Emancipación fue imposible. Me quedé ahí, en tierra de nadie y me puse a explorar el área. Los recuerdos son siniestramente borrosos y aun me persiguen una que otra noche.

El primer muerto que vi parecía estar sentado, recostado contra la pared. Pensé que era un borrachito del centro, uno de esos "hombres de barro", de los que tomaban Racumín, una mezcla de ron de quemar con emoliente, que vendían en La Parada y que los dejaba ciegos y con deformaciones en la cara. Al acercarme más, supe que era algo diferente.

Con seguridad, la muerte se siente. Ahí estaba yo, y ciertamente sabía que el borrachito estaba muerto. No sé cómo, ni por qué, pero era una certeza que yo trataba de alejar engañándome a mí mismo.

Muy lentamente, paso a paso, fui llegando a su lado y confirmé lo que ya sentía. El hombre estaba muerto. No vi sangre ninguna, pero me armé de valor y lo toqué. Estaba rígido y al lado del cuello se podía observar un pequeño agujero, casi rosado, con una aureola negra alrededor. Un poco de sangre seca en la camisa y en la piel, unos cuarenta años, con bigotito y abundante pelo negro engominado. Ligeramente moreno, me recordaba a Mauricio Garcés, pero más delgado. En instantes pasaron por mi mente imágenes de su familia, sus amigos y todos los vacíos que dejaría en la vida de otras personas. Aterrado y con el corazón muy pesado, lo abandoné lo más rápido que pude, sin correr, eso sí, porque correr es siempre sospechoso.

Ya no quería estar ahí. De súbito, el encanto de la aventura y el querer saber para que no te lo cuenten perdieron su lustre romántico. Era testigo de un ser humano asesinado por la fuerza que intentaba poner en orden a las fuerzas del orden. Estaba encerrado entre la Colmena, Emancipación, la avenida Tacna y el jirón Lampa. Decidí salir cuanto antes por Tacna, la más amplia de las cuatro. Los grupos de soldados parecían aparecer de todas partes, siempre unos cinco o seis. Traté de pensar en *Combate,* la serie televisiva, con el sargento Saunders, el teniente Hanley, y los inefables

Caje, Little John y otros, en su versión chola, pero mi alma no estaba para fugas imaginativas.

En el camino, cuatro cuadras por el jirón Moquegua, vi más muertos. Todos estaban en la misma posición, sentados en el suelo, con la espalda apoyada en la pared de la calle. Al llegar a Rufino Torrico comprendí: los soldaditos acomodaban a los muertos para que no estorben. Después de todo, no dejaba de ser una molestia eso de dejar un cadáver a media pista. ¿Y si una de las tanquetas se accidenta por tratar de desviarse? Eso no sería bueno ni para el muerto, ¿no es cierto? En esta calle vi a un camión del ejército, con más soldados, cargando a uno de los cadáveres y tirándolo a la tolva del camión. No sé cuántos, pero ya había varios más recogidos. Ahí sí que no los acomodaban. Los tiraban nomás, como quien tira un saco de papas. Probablemente sería la brillante idea de algún coronel o general, para que la minúscula prensa independiente pensara lo mismo que yo pensé originalmente.

Asqueado, deprimido y apesadumbrado, logré salir del bloqueo con dirección a la avenida Alfonso Ugarte, ya que no circulaban autos en ninguna de las avenidas aledañas. Llegué por la avenida Uruguay, y estaba llena de gente. Pululaba el tráfico, soldados y tanquetas. Crucé la avenida en el momento en que un par de tanquetas arribaban a Scala, tienda por departamentos, cuyos vidrios estaban todos rotos, y la gente empezaba a saquearla. Despacito se colocaron en las calles que hacían esquina. Las ametralladoras de ambas apuntaron más lentamente aun al Centro Comercial y empezaron a disparar. No unas cuantas ráfagas, no. Para mí, el traqueteo parecía no tener fin. El sonido tampoco era como uno lo ve en las películas. Era seco, desabrido, y sin ritmo. Sobre todo, sórdido, terriblemente real.

En la esquina opuesta, éramos un grupo grande y mirábamos, entre ensimismados y asombrados, cómo disparaban a matar, con calma y perseverancia. No podíamos ver si hubo muertos, pero de que los hubo, no hay duda.

Pero el peruano siempre conserva cierta dosis de buen humor, incluso en los momentos más críticos. Alguien se percató de que, por la última ventana del lado de Alfonso Ugarte, salía gente, uno por uno, evitando el fuego. Cada uno llevaba tres o cuatro camisas puestas, casacas y todo lo que pudieron ponerse antes de salir. Al terminar los disparos, salió muy lentamente y con mucha parsimonia, una señora de mediana edad, que se había puesto zapatos muy grandes para su talla y se veía obligada a arrastrar los pies para que no se le salieran. Todo el mundo rompió a reír a carcajadas. No dejaba de ser jocoso verla andar con mucha dignidad, con un aspecto de moral intachable arrastrando los pies.

Aún no terminábamos de reírnos cuando se acercó a nuestra esquina otra tanqueta y se detuvo frente a nosotros. La multitud solo atinó a pegarse a la pared, siendo yo el primero Se hizo un silencio sepulcral cuando vimos la ametralladora girar hacia nosotros. En ese momento empezaron los gritos. "¡Pero si no hemos hecho nada!". "¡Solo estábamos mirando!". "¡Papacito, no dispares por favor!". Yo estaba detrás de unas cuatro filas de gente. Delante de mí tenía a una señora gruesa, que gritaba: "¡Mis hijos, mis hijos!". Solo se me ocurrió ponerme en cuclillas, confiando en que la humanidad de la buena mujer fuera suficiente para que no me alcanzaran las balas y justificando interiormente mi cobardía.

Y el soldadito disparó. Al escuchar los disparos me di cuenta de que a pesar de todo creía en Dios. Sin embargo, nadie cayó. Los disparos se hicieron en nuestra dirección, pero bastante más arriba del suelo. Escuchamos el impacto de las balas y los pedazos de cemento empezaron a caer en nuestras cabezas.

Corrí como nunca he corrido en mi vida. Hice una cuadra de Alfonso Ugarte y unas siete de la avenida Bolivia antes de detenerme. Logré tomar un taxi y salir de ese infierno.

Las estadísticas que publicó el gobierno revolucionario hablaban de la muerte de ochenta y seis civiles y ningún policía. Yo vivía a dos cuadras de la casa del general Rodríguez Figueroa, jefe del SINAMOS (Sistema Nacional de Apoyo a la Movilización Social) y uno de los responsables de la matanza, y siempre me preguntaba quiénes serían esas señoras vestidas de negro con fotos enmarcadas de policías a las que veía todos los días haciendo guardia en la puerta de su casa desde las seis de la mañana.

Pero esas son tonterías mías. Si el Gobierno dijo que no mataron ningún policía y que los civiles muertos eran delincuentes, tiene que ser cierto. El Gobierno que luchó por eliminar la injusticia del Perú, que socializó todo en bien de los peruanos no puede mentir. ¿O sí?

Por si acaso, solamente juré no vivir nunca más en una dictadura militar, por bien intencionada que sea. Estoy seguro de que los ¿ochenta y seis? civiles y los

¿cero? policías muertos estarán de acuerdo conmigo en esto.[4]

---

[4] Periodistas como Zileri y cronistas como Thorndike hablan de más de 155 muertos entre los civiles y más de treinta entre los policías.
Personalmente, me resulta difícil creer que no hubieron muertos después de haber visto en la parte de adentro de las paredes de Radio Patrulla miles de impactos de bala.

¡Te quiero como a un hermano!

Manolo despertó e inmediatamente se dio cuenta de que estaba en su cama. Buen comienzo. Empezó un ejercicio mental que ya se estaba convirtiendo en rutinario cada vez que abría los ojos y no recordaba lo ocurrido la noche anterior: *Me llamo Manolo, estoy en mi cama, mi hermano mellizo se llama Javier y no me duele nada.*

Miró la cama de al lado y vio que Javier dormía. Luego se revisó las manos y los brazos para ver si había sangre seca o alguna herida abierta. Todo estaba bien.

Hacía ya mucho tiempo que no tenía resacas al día siguiente, pero le preocupaba olvidarse de las cosas. Ni siquiera con la cocaína se acordaba de algunos eventos y a veces tenía la sospecha de haber hecho algo que le traería consecuencias. Era un sentimiento muy desagradable.

Trató de empezar a reconstruir los pasos de la noche anterior. Recordaba haber visto televisión con su madre como a las siete de la noche, antes de salir y por unos quince o veinte minutos, mientras comía algo. Le llamó mucho la atención un comercial de Tris, un pegamento instantáneo, en el cual el actor, mientras hablaba del producto, iba poniendo pegamento a una taza de té y al asa respectiva, que estaba rota. Una vez que los pegó, se sirvió té, azúcar y levantó la taza por el asa diciendo:

—¿Alguna pregunta?

Le pareció genial y contundente.

Con su madre habló lo de siempre, la enamorada que nunca tenía, la universidad a la que nunca iba y sus nuevos proyectos, que nunca comenzaba.

No era que le importara mucho, pero sabía que, si lo veían, aunque sea una vez al día, lo iban a dejar tranquilo. Manolo vivía de noche y le encantaba.

Cuando estaba terminando la conversación, entró Javier, le dio un beso a su mamá y le dijo:

—¿Vamos Junior?

Le decía Junior por joder, porque había nacido un minuto después. Manolo odiaba el sobrenombre, pero no dijo nada. Se despidió y se fue.

Javier, a pesar de ser de físico idéntico a Manolo, era diametralmente diferente. Para el ojo experto, la diferencia era inmediata pero sutil. Los rasgos de Javier eran un poco más duros y agresivos. Manolo irradiaba una apariencia más blanda, más accesible. Pero quienes los conocían bien, sabían que la ironía era que el aspecto era opuesto a la personalidad.

Manolo era indudablemente más listo y egoísta, mientras que Javier era un poco más lento y generoso. Pero ambos eran parte de un sector social en que los principios y valores poco tenían que ver con los intereses personales.

Recordó que, como todas las noches, había salido con Javier, el Gordo Chávez, el Sapo Marchetti y el inefable Pachín. Ya hacía más de un año que se aventuraban casi todas las noches, a dar "vueltas" en el carro del Gordo o del Sapo. La noche anterior la finalizaron en una fiesta en Barranco a la que no estaban invitados, pero la simpatía del Gordo, incluso para ser conchudo, les abrió la puerta. Ya cuando quedaban pocos, ellos se acoplaron con el padre de la chica que daba la fiesta, quien empezó a sacar los licores finos; y Pachín y Javier se la ingeniaron para robarse unos cubiertos de plata entre abrazos y yo te estimos.

Vaya, había sido una noche tranquila después de todo. Vio la hora y recordó que dejó su reloj en prenda una semana atrás en un bar de Surquillo. Miró por la ventana y el sol le dijo que era alrededor de la una de la tarde. Se preguntó dónde habría dejado Javier los cubiertos de plata. Su primer pensamiento fue que los colocó debajo del colchón. Se metió debajo de la cama de Javier y entre las tablas de soporte encontró las cucharitas y tenedores, que fue sacando uno a uno, con mucho cuidado. Javier tenía el sueño pesado y a veces era imposible despertarlo, pero Manolo no se daba ventajas nunca.

Se bañó y vistió y, una vez arreglado, fue a ver a su mamá, que, como todos los días, aún estaba en pijama viendo televisión y con un café "cargado" a su lado. Ella mezclaba el café con una generosa porción de vodka. Pudo notar que el café estaba por la mitad, lo que significaba que su madre todavía podía razonar, y después de darle un beso, le dijo:

—Mamá, una amiga de la universidad está vendiendo las cosas de su casa. La Reforma Agraria les ha quitado el fundo que tenían y su papá está muy enfermo. No tienen dónde caerse muertos y me dio estas cucharitas y tenedores de plata para ver si los podía vender. ¿Te interesa? Yo lo hago por ayudarla nomás, así que si no quieres, dime.

Su mamá, que entendía que los metales preciosos nunca perdían su valor, miró los cubiertos, le ofreció un precio, regatearon y llegaron a un acuerdo. Manolo aprovechó para pedirle un poco de dinero para él, porque tenía que ir a la universidad y no iba a subir en microbús con la plata que ella le iba a dar. La operación fue en efectivo y Manolo bajó a almorzar, mientras su mamá pensaba en el gran corazón de su hijo.

Mientras almorzaba, llegó Pachín e inmediatamente preguntó por Javier.

Manolo le dijo que estaba aún durmiendo y le retrucó:

—Espero que lo que saquen de los cubiertos lo repartan, porque todos ayudamos a que el viejo no se diera cuenta.

—Para ser justos, creo que habría que dividirlo en tres partes: una para mí, una para Javier y otra para ustedes tres, porque la chamba la hicimos nosotros — fue la respuesta de Pachín.

—Por mí está bien, pero hay que ver qué dicen el Gordo y el Sapo.

Pachín opinó que no habría problema y se fue a despertar a Javier.

A los pocos minutos ambos bajaron, sumamente alterados y encararon a Manolo:

—¡Ya danos los cubiertos, no seas vivo!

Manolo los miró con cara de asombro y les dijo:

—¿De qué hablan? Yo me he despertado hace un rato, me he bañado y he estado todo el rato con mi mamá. Pregúntenle si quieren. ¡No me digan que han perdido los cubiertos! Pachín, pensé que tú te los habías llevado. Yo ni me acuerdo qué pasó anoche. Tengo muchas lagunas mentales… A lo mejor se han quedado en el carro del Gordo.

Pachín miró a Javier.

—Bueno, ¿tú bajaste los cubiertos o no?

Javier dudó y eso fue suficiente. Manolo dijo entonces:

—Ojalá que estén ahí porque yo ya contaba con esa plata. ¡Par de huevones! Y conociendo al Gordo, ya le debe haber dado vuelta a todo y se debe haber comprado un buen paco.

Javier, al igual que Manolo, no recordaba nada, pero él nunca se preocupó de recordar lo sucedido la noche anterior. Opinaba que, si no lo recordaba, era por alguna razón y si alguien le decía: "¿Te acuerdas de lo que hiciste anoche?". Su respuesta automática era: "No, y no quiero que me lo cuentes". Él no quería complicaciones. Su vida tenía que ser simple para poder estar alerta y evitar que su hermano y los demás lo atrasaran. Por eso solía ser más aventado y trataba de hacer cosas que los demás no se atrevían a hacer; para que supieran que él no se quedaba y que era tan o más vivo que ellos.

Había decidido que la universidad no era para él y se pasaba el día en el taller de un amigo suyo, Ronnie, que le pagaba un básico por estar en la oficina, hacer algunos mandados y, por sobre todo, mantenerlo entretenido a él y a los clientes. Tenía el pomposo título de "Apoderado de Ventas", aunque no vendiera nada. Pero Javier era gracioso, tenía chispa, era muy ocurrente y aunque sus chistes no fueran muy buenos, bastaba escuchar su risa y verle la cara para reírse. Había algo especial en ello.

No era que Javier no se preocupara por el futuro. El problema era que su visión del mismo era limitada. Pensaba que iba por el camino, si no correcto, por lo menos el que la vida le había trazado y trataba de recorrerlo de la mejor manera posible. Él quería que las cosas fueran sencillas, odiaba los juegos mentales por los que le hacía pasar Manolo y muchas veces reaccionaba con violencia a estos.

Mientras Manolo, con el pretexto de ir a la universidad, se iba a recoger su reloj y de paso comprarse unos tiritos para la noche, Javier y Pachín estaban enfrascados en una discusión sobre el destino de los cubiertos.

Con Manolo fuera de toda sospecha, especulaban si el Gordo los tendría, o quizás el Sapo, que era el más vivo de todos.

Aparte de su aspecto abatraciado, el Sapo era el más inteligente sin duda. Hablaba poco, miraba como de lejos, sin involucrarse nunca y tenía la virtud de apreciar siempre la situación desde una perspectiva más amplia. Medía consecuencias y acciones; y en el momento exacto, aprovechaba para dar un mordisco a la yugular y sacar siempre el mayor partido posible de las cosas. Su auto y él estaban siempre impecables y vestía con la elegancia de la sencillez. Sin ostentar ni alardear. El origen de su dinero era un misterio, el Sapo jamás lo mencionaba y nadie se atrevía a preguntar. Solo se sabía que no iba a una oficina ni a la universidad, vivía solo y sus ingresos eran considerables en comparación al resto.

El Gordo Chávez, por el contrario, era exuberante, extrovertido, fanático a muerte de la "U" y hablaba fuerte, como imponiendo su presencia. Tenía unos bigotes inmensos y su aspecto era más bien simpático, pero claramente beligerante. Discutía todo con todos, siempre tenía opinión diferente y estaba acostumbrado a decir la última palabra. Era tácitamente el líder, aunque siempre quedaba la sensación de que hubiese sido el Sapo quien lo puso en ese lugar. El Gordo también vivía solo, pero en su caso los ingresos provenían de una tía solterona, a la que él visitaba religiosamente todas las semanas. La tía disponía de una fortuna considerable y el único pariente que la visitaba regularmente era el Gordo.

Pachín, el último del grupo, era apagado y rara vez hacía aportes valiosos. Pero siempre estaba ahí. Algunos años atrás sufrió un accidente de auto en el que el piloto murió y él casi perdió la vida. Tenía una placa de metal en un lado del cráneo, lo que lo hacía más frágil que los demás. Quizás por eso lo aceptaban sin cuestionarlo mucho. Nadie, ni siquiera él, recordaba por qué le decían Pachín. Sin embargo, él aceptaba el apelativo sin problemas y muy poca gente sabía que su nombre real era José Carlos.

—Tengo un par de tronchitos para matar la perseguidora, cuñadito. —La voz de Pachín sonaba a cómplice y Javier, sin decir nada, se levantó de la mesa de la cocina y se dirigió al jardín, con Pachín siguiéndole con paso de ardilla.

El jardín de la casa era amplio y estaba lleno de flores y árboles pequeños. Las rosas, altas y rojas, y los jacintos, pequeños y multicolores, le daban un aspecto festivo y acogedor. Las diferentes tonalidades de verde brillaban en armonía y parecían cuidadosamente escogidas. El jardinero, don Severino, ya tenía setenta y ocho años y seguía viniendo con su triciclo cada dos semanas a cuidar el jardín. Cada vez que llegaba, metía el triciclo al garaje, con permiso del señor y la señora, y le ponía doble cadena y doble candado, pero de los grandes, esos que no se pueden romper así nomás.

Doce años atrás, cuando él estrenó el triciclo, porque ya estaba viejo y era un poco arriesgado cargar todos los utensilios de jardinería en la bicicleta, sufrió un incidente que jamás olvidaría. Hay cosas que la gente no sabe, pero había que tener harta fuerza y habilidad para ser jardinero de bicicleta, porque la cortadora de pasto era de fierro y pesaba bastante. Cuando compró el triciclo, con lo que ahorró durante muchos años y con tanto esfuerzo, sentía que por fin había salido de pobre. Podía ir más rápido, cansarse menos y conseguir clientes más caros; cualquiera no tenía un triciclo.

Además, podía vender pasto y plantas a pedido, lo que representaba un ingreso más. Cuando llegó a la casa de los mellizos con su triciclo nuevo, orgullosamente se lo presentó a la señora, que lo felicitó. Dejó su triciclo amarrado al manubrio de la puerta del garaje y entró a trabajar al jardín del fondo. Como a la hora y media, don Severino escuchó unos gritos en la puerta y corrió a ver qué pasaba. Cuando se enteró de lo sucedido, empezó a llorar de rabia y dolor. Al frente de la casa se encontraban los dos mellizos abrazados por su mamá, que gritaba y lloraba también. Al lado se encontraba su flamante triciclo, convertido en un montón de chatarra vieja.

La señora al verlo, le dijo:

—¡Severino, mis hijos casi se mueren por culpa de tu triciclo! Salieron a pasear y el tranvía casi los mata cuando estaban cruzando. ¡Gracias Dios mío por regresármelos vivos!

Severino nunca pudo entender cómo podía ser culpa del triciclo este accidente cuando estos dos mocosos de escasos diez años se lo llevaron sin permiso alguno. Tuvo que rogar, suplicar y llorar para que el señor le diera una parte de lo que costaba un nuevo triciclo y tuvo que trabajar por un año gratis para pagar el resto. Desde entonces cargó con las cadenas y candados a todas partes.

Los mellizos se veían asustados y arrepentidos. Ahora sí habían corrido peligro de muerte en serio. Fue emocionante, pero no agradable. Mucho más divertido fue cuando escondieron una navaja de afeitar en el cepillo que usaba su padre para peinarse. La manera en que gritaba el viejo con la sangre en la cara fue inolvidable. Chillaba con voz aguda, como mujer. Nunca se supo quién fue. Todos le echaron la culpa al papá por distraído.

La única compensación que tenía el pobre don Severino a pesar de la travesura que destruyó a su triciclo era que gozaba carta libre para sembrar y arreglar el jardín a su gusto. Y había que aceptar que don Severino era un exquisito en la decoración de jardines. Este parecía un oasis con mucha sombra, hermosos colores y se respiraba un aire de armonía y paz. Además, don Severino plantaba todo lo que creía que podía vender en el vecindario.

Un día, mientras fumaban marihuana en la azotea, estaban observando a las gallinas Leghorn que su padre criaba ahí. Finísimas, blanquísimas y muy caras, por cierto, eran el pasatiempo favorito de don Ernesto. Reconocía a cada una de ellas y les puso nombre a todas. Dorita, Mechita, Pochola, Pepita eran algunas. Pepita era la más agresiva y recibió el nombre en honor de su suegra, quien tenía un temperamento parecido.

Don Ernesto pasaba horas enteras los fines de semana limpiándolas y arreglando cualquier detalle del impecable gallinero.

Manolo dijo:

—No sé cómo hace el viejo para distinguirlas. Para mí todas son igualitas.

—Yo creo que para él también, sino que, de puro sapo, las llama con el nombre que se le ocurra. Nadie se daría cuenta de todas maneras.

Con una chispa en los ojos, Javier prosiguió:

—Habría que ayudarlo a que las reconozca, me parece a mí. ¿Tú qué opinas?

—¡Le estaríamos haciendo un favor al viejo! ¿Qué estás pensando?

—Que si las pintamos de colores, se verían más lindas…

—Pero tendría que ser algo bonito, con clase. Nada de porquerías, Javier.

—Claro, claro… Por ejemplo, ¿si les pintamos el pico? Se verían hasta psicodélicas.

—¡Abajo en el garaje hay pinturas que sobraron de la última vez que pintaron la casa!

En pocos minutos, todas las gallinas tenían picos y patas multicolores. Dorita era verde, Pochola roja y así. Ambos rieron de la ocurrencia y dejaron a las gallinas con sus nuevos y flamantes colores, seguros de haberles hecho un favor a todos.

Al llegar su padre, casi al unísono, le dijeron:

—¡Viejo, te tenemos una sorpresota!

—¿De qué se trata hijos? Ya tengo miedo cada vez que ustedes usan esa palabra.

—No papá, esta vez te va a gustar. ¡Sube a la azotea para que veas!

Don Ernesto subió lentamente, pensando con cariño en sus hijos. Eran traviesos, pero sin duda tenían buen corazón.

Manolo y Javier escucharon de repente un súbito alarido, un grito espantoso que parecía venir de las alturas.

Espantados subieron a toda prisa y encontraron a don Ernesto de rodillas y llorando con quince gallinas muertas por asfixia. Sin pensarlo dos veces salieron como alma que lleva al diablo, escuchando los vociferantes insultos de su padre que en vano intentó perseguirlos.

Esa noche durmieron en la casa de la abuela y no asomaron la nariz por la suya hasta casi una semana después.

Mientras tanto, Javier y Pachín se sentaron frente a la mesita del fondo del jardín y fumaron en silencio. Sin hablar y aguantando la respiración. Pachín arrimó la silla para que el sol no le cayera en la cabeza. Cuando se calentaba su placa, le venían unos dolores tremendos de cabeza y su comportamiento se volvía paranoico al extremo. El primero en hablar fue Javier.

—Estoy seguro de que los dejé debajo del colchón. Manolo los tiene que haber sacado y los ha escondido en alguna parte.

—¿Y dónde? Porque de acá se ha ido sin nada. ¡Te apuesto a que los ha escondido dentro del depósito de agua del excusado! Yo vi una película donde encaletaban la coca así.

En menos de cinco minutos habían revisado todos los retretes de la casa. Su mamá le preguntó:

—¿Qué haces hijito?

—Nada, mamá, estamos tomando muestras de agua para la municipalidad. Parece que hay contaminación en Miraflores.

Su mamá pareció no darle importancia y se quedó conforme con la respuesta. Si le hubieran dicho que estaban buscando pescaditos, probablemente la reacción hubiera sido la misma. Ella esperaba una respuesta y eso era todo. El café cargado ya estaba al nivel de un cuarto.

Luego siguieron con los clósets, los armarios, las cómodas, las bolsas de ropa sucia y hasta el congelador, (una vez más, las películas), pero no encontraron nada. Concluyeron que tenían que cuadrar al Gordo en la noche.

Pero en su fuero interno, Javier sabía que Manolo una vez más lo había burlado. Existía entre ellos una conexión directa mediante la cual ambos podían comunicarse mentalmente y sin hablar, pero que jamás ninguno admitió delante del otro. Simplemente sabía, así como Manolo sabía que Javier sabía. Pero no era suficiente. Se necesitaba algo tangible y era imposible para Javier llegar al nivel de maquinación de Manolo. Por eso siempre perdía. Y siempre lo perdonaba. Más que perdonarlo, lo olvidaba, para que el hecho no le molestara. Después de todo, era su hermano.

En la noche, cuando Javier y Pachín trataron de aclarar al Gordo, su amigo montó en cólera y casi se los come vivos.

—¿Me estás acusando, conchetumadre? —lo dijo sin dirigirse específicamente a uno de ellos y mirando hacia atrás por el espejo retrovisor.

Pachín, sin mirar al espejo, dijo:

—No, hermano, es una pregunta nomás, no te achores.

El Sapo, que estaba mirando a Manolo socarronamente, le dijo:

—Gordo, si estás tan saltón, todos vamos a pensar que estás escondiendo algo.

Ya la mirada de Manolo con el Sapo era de abierta complicidad y Manolo pensaba: *¡Este huevón, siempre me las adivina! Voy a tener que darle la suya.*

Entre las protestas del Gordo, las disculpas de Javier y Pachín y el silencio cómplice del Sapo y Manolo, llegaron al Jinete, un bar de Magdalena, para calentar cuerpo. El incidente de los cubiertos pasó al olvido, cuando Manolo mencionó la parte más importante de la agenda mientras se pedían unas cervezas.

—Este fin de semana es la vendimia de Ica. ¿Quiénes van a ir?

El Sapo preguntó:

—¿Este es el primer fin de semana o el segundo? Porque dura como diez días. ¡Carajo, no me había dado cuenta de que ya estábamos en marzo! Tiene que ser el segundo, o sea que tendríamos que salir ahora para pasar jueves, viernes, sábado y regresar el domingo en la noche. ¿Tú vas a ir Gordo?

—¿Yo? Ni cojudo para perdérmela.

—A ver, ¿quiénes vienen? Salimos ahorita.

Manolo y el Sapo estaban preparados, no así Javier y Pachín.

Pachín dijo:

—Tengo que ir a pedirles un poco de plata a mis viejos. Les digo que nos vamos de campamento, para hacer un poco de vida sana. Eso sí, tiene que ser mañana. A esta hora, ni cagando me creen.

Javier, en cambio, no tenía muchas opciones. Podía llamar a Ronnie y pedirle plata y permiso, pero difícil que le diera los dos. Decidió que iría a la oficina tempranito, haría un vale de caja y dejaría una nota:

"Ronnie, tuve una emergencia seria. Te explico el próximo lunes". El lunes sería otro día y ya vería cómo se las arreglaría, porque Ronnie iba a estar empinchadísimo. Pero vendimia es vendimia y él no se la iba a perder.

La vendimia era la fiesta patronal de Ica. A menos de tres horas de Lima, se trataba de una celebración de la cosecha de uvas y de las tradiciones que llevaban cientos de años llevándose a cabo. Todo Lima se volcaría ese fin de semana en una bacanal de desenfreno, drogas y alcohol. Era obvio que tenían que ir fuera como fuera.

Todos quedaron de acuerdo en que saldrían el jueves temprano, para llegar a Ica al medio día. El Sapo pondría dos cajas de cerveza que se estaban malogrando en su departamento.

Al día siguiente, a las nueve de la mañana, zarpó el grupo hacia Ica. El carro del Sapo estaba en "mantenimiento" y el Gordo no tenía problemas en llevar el suyo, especialmente si el Sapo había puesto la cerveza.

Todos, a excepción de Pachín, llevaban también su "caleta", es decir, una provisión de coca para el fin de semana largo. Pachín no podía consumir mucho, pero el problema iba a ser Javier. No había podido comprar y solo tenía un saldo de alguna noche anterior. Iba a tener que hilar muy fino para estar ahí cada vez que se presentara una ocasión. Esto era fácil con el Gordo, porque una vez que se embalaba, era espléndido y solía compartir con los demás. En cuanto al Sapo y Manolo, esperaban siempre que hubiera menos gente y muchas veces consumían solos. Había que seguirlos al baño por casualidad, no muy rápido, para que los encontrara sacando el paquete y no muy lento como para encontrarlos ya de regreso.

El viaje a Ica desde Lima es de tres horas y media aproximadamente. Ellos lo hicieron en cuatro, por las paradas para recargarse y las frecuentes idas al baño, pero fue un viaje muy entretenido, todos estaban de buen humor y se sentían grandes amigos. Normalmente, estas conversaciones eran sobre nada en particular y con muchas ocurrencias y salidas graciosas, que despertaban la carcajada sonora en todos ellos.

Javier preguntó:

—Gordo, ¿has ido a ver a tu tía esta semana? No te vaya a sacar del testamento.

—¿Cómo se te ocurre que puedo ser tan materialista, huevonazo? Yo voy porque la quiero. Además, fui hoy tempranito, porque estaba misio.

—Sí, Gordo, todos sabemos cuánto la quieres. Pero la quieres ver muerta y enterradita. ¿Estás seguro de que no ha cambiado el testamento? A lo mejor te das con la sorpresa de que le ha dejado todo a la Sociedad Protectora de Animales, o a la Iglesia de Fátima, o peor aún, a tu viejo. ¡Ahí si no ves ni un centavo! —El Sapo siempre tenía la habilidad de poner nervioso al Gordo.

—Ya lo veo al Gordo haciendo de chofer de estriptisera en la madrugada. Porque chambear, lo que se dice chambear, no se ha hecho para ti. ¡Ya sé! Puedes ser director de barra de la "U". No te pagarán con plata, pero tus apetitos básicos estarán satisfechos. —Manolo metía candela también.

Pero fue Javier quien puso el puntillazo:

—¡Gordo, puedes vender tu cuerpo! Serías el primer travesti con bigote. Te lloverían las ofertas. Con tu mini en la avenida Arequipa, sin sostén y con blusita negra trasparente. ¡Puta madre, qué espectáculo!

—¡Carajo, cállense la boca, mierda! —La voz estentórea del Gordo y el frenazo súbito indicaron que el Gordo había sobrepasado su límite de paciencia, lo cual era esperado por todos.

—Tranquilo, Gordo, tú sabes que estamos bromeando. Lo que pasa es que no tienes correa.

El Sapo en ánimo conciliador se dirigía a él, pero con la mirada puesta en los otros dos, dando a entender que estaba calmando a la bestia.

—Claro, Gordo, es más, si quieres te ayudamos a enterrarla cuando llegue el momento, así que ¿por qué no te matriculas con unos tiritos? —dijo Javier.

Pachín replicó:

—Sí, si hay matricula, ¡que empiecen las clases al toque!

Todos rieron, se armaron y siguieron viaje.

En Ica, el tenor fue el mismo. Bromas aquí, bromas allá, parecía que todo Lima se había venido esta vez. Cada encuentro, un "salud", con cachina o vino y a veces con cerveza o pisco. Encontraron a un fotógrafo de *Caretas* que Javier conocía y estuvieron tomándose unas cervezas con él, cuando en eso pasó una de las reinas de la vendimia al lado del quiosco y lo reconoció. Ella, guapísima y con un cuerpo espectacular, venía acompañada por un par de integrantes del comité coordinador de la vendimia, que la seguían como perritos falderos. Aparentemente era una caminata promocional.

Las reinas de belleza de los variados concursos que se hacían en Lima, así como todas las aspirantes a modelos, conocían a Cucho. Pero Cucho era un caballero. No soltó prenda acerca de lo que sucedía, o no, en las sesiones de fotos. Ante todo, no le dijo nada al

Gordo, que lo presionaba de todas las maneras posibles para que le pasara un "dato". Al final le dijo:

—Cucho, solo dame un nombre, nada más. Yo me encargo del resto.

Cucho, muy educadamente, lo volvió a mandar a la mierda. Pero el Gordo era de acero. Con él no era.

—Cucho, ¿qué haces acá?

—Hola, Paola, he venido a cubrir el corso, ¿tú cómo estás?

—Bien, felizmente. No te olvides de tomarme buenas fotos, ¿ah?

El Gordo acababa de abrazar a Cucho, mientras le decía a Paola:

—No sabía que mi hermano Cucho conocía chicas tan guapas. ¿Cuchito, por qué no nos tomas unas fotos? Yo después te concedo la entrevista.

El Gordo ya abrazaba a Paola. Con todos desconcertados, logró tomarse fotos con Paola, la chica regia y al pedirle su teléfono, ella le dijo:

—Pídeselo a Cucho, él lo tiene.

En ese momento Cucho reaccionó y se despidió de su "hermano" de treinta minutos y no le dio el número telefónico ni la cara a nadie al momento de irse. Otra vez el Gordo causando estragos.

Las madrugadas resultaban un poco duras, porque no tenían hotel reservado ni intenciones de pagar por uno. Mucha gente dormía en la Plaza de Armas, pero ellos, a excepción del Sapo, que consiguió una gringa con la que pasó la primera noche, se iban a dormir a las arenas de la laguna Huacachina, a treinta minutos de Ica. Todos habían llevado frazada y el Gordo y Manolo dormían en el auto, mientras Pachín y Javier lo hacían en la arena. Tampoco es que fueran a dormir mucho.

Al día siguiente se encontraron con el Sapo en la Plaza de Armas. No lo había pasado muy bien. El marido de la gringa era peruano y se apareció a las seis de la mañana en el cuarto. El Sapo alegó total ignorancia y fue indultado por el marido, que era mucho más alto y fornido que él. Ver al Sapo en esa situación, con su fragilidad expuesta no era usual. Evidentemente, el Sapo lo sabía y se sentía muy incómodo, pues todavía le quedaban los nervios del encuentro, a pesar de ser casi las once. Trató de minimizar el asunto y achacó el temblor de las manos a los "muñecos" de tanto trago el día anterior.

El viernes fue muy parecido al jueves, solo que más largo. Pisaron uvas en una chacra, probaron desde cachinas recién hechas hasta piscos de cincuenta años, hicieron amigos y enemigos en todas partes. Se perdieron y se encontraron varias veces y cada uno tenía más anécdotas que los otros. Adórnese esto con coca matizada a todo lo largo y se obtendrá una jornada estupenda en opinión de los participantes. Esto era vida, así es como querían vivirla y así es como intentaban hacerlo. Manolo soltó una de sus perlas, que le valió el abrazo emocionado de todos.

—Nuestras vidas y deseos están en armonía unos con otros. ¿Qué más podemos pedir?

—¿Un tiro? —Javier, con sus ocurrencias, hizo soltar la carcajada nuevamente.

En alguna hora avanzada de la madrugada, decidieron regresar a dormir a la Huacachina. El sábado era el día más importante de la vendimia y había que aguantar todo el día y la noche. Esta vez el Sapo y el Gordo durmieron en el auto y Pachín y los mellizos en la arena.

Al día siguiente, y con el sol iqueño ardiendo sobre la arena, se despertaron todos, uno a uno, excepto Javier. Javier tomó un poco más y consumió menos. Su caleta se acabó y estuvo sobreviviendo gracias a la generosidad de su hermano Manolo, que tenía una buena provisión, producto de la venta de los cubiertos.

Trataron de despertarlo, al principio moviéndolo un poco y después tirándole agua y pateándolo, pero era inútil. Javier estaba inconsciente y no dormido.

Hay ideas que surgen en un momento clave, producto de las circunstancias y los hechos. Estas ideas pueden tener consecuencias que son imposibles de calcular al momento que se presentan. Esta fue uno de ellos. Sin decir nada, Manolo se levantó y se fue a la tienda. Regresó con unos sorbetes de gaseosa y un chisguete de pegamento instantáneo. El mismo que él vio unos días antes en la televisión. Aun en silencio, mientras los otros lo observaban, abrió el chisguete, puso un poco de pegamento en el sorbete, abrió la boca de Javier y empezó a aplicarle pegamento a los dientes y las muelas. Una vez que terminó, procedió a cerrarle la boca con fuerza. Los otros tres lo miraban en silencio, estupefactos.

—Ya pues, ayúdenme. No voy a estar apretando todo el rato yo solo.

El Gordo, como reaccionando, se acercó, ya con la risa borboteando y reemplazó a Manolo. Después les tocó al Sapo y a Pachín, que aun andaba un poco reticente a la broma. Casi por una hora, estuvieron desternillándose de risa a costa de Javier. ¡A ver si así aprendía a despertarse, carajo!

Finalmente, y después de unos dos litros de agua en la cara y varias patadas en los huevos, Javier se despertó. Los otros cuatro se sentaron, muy juntitos y en primera fila para observar su reacción.

Al abrir los ojos, lo primero que notó fue que le dolía todo el cuerpo, los huevos en especial y que tenía una molestia en la boca que no podía definir. Repentinamente escuchó:

—Buenas tardes, Bella Durmiente, ¿a qué debemos el honor de su despertar?

—¿Será que el Sapo le ha dado un beso en su hermosa boca?

Al querer contestar, descubrió con terror que no podía hablar. Inmediatamente sintió que no podía mover la mandíbula. Por más esfuerzos que hizo, nada, la mandíbula no se movía. El terror dio paso al pánico y este a la histeria. Con los ojos desorbitados y emitiendo gruñidos patéticos, se dirigió a sus amigos, que no podían dejar de reírse.

Javier quería decirles que no estaba bromeando, que no estaba imitando a algún animal dantesco o a un borracho de La Parada, pero no podía explicarles lo que le pasaba. Con lágrimas en los ojos y una sensación de terrible ardor en la boca, se arrodilló en la arena, a llorar al cielo. Ya no le quedaban dudas: le dio un ataque de parálisis facial. Mil pensamientos pasaron por su mente; mucho trago, muchas drogas, muchos excesos y estos eran los resultados a sus veintidós años. Un inválido, incapaz de comunicarse, que tendría que comer por un tubo toda su vida. Por supuesto ni casarse, ni hacer plata, ni ser normal, ni nada por el estilo.

Lo que más le dolía en ese momento era su impotencia para hacerle saber a sus amigos, sus patas del alma, que esto era en serio y no un chiste. Trató por señas de mostrarles sus lágrimas y ellos le enseñaron las suyas de tanto que se reían. Finalmente, logró llevarlos a la orilla de la laguna y con una rama escribió en la arena húmeda: *"¡Ayuda! Esto es en serio. ¡No es broma!"*. Manolo no decía nada, pero el Sapo se dio cuenta de que Javier estaba cercano a sufrir un ataque de verdad, tal era el terror dibujado en su cara, así que le dijo:

—Tranquilo, Javier, ya se te va a pasar. Ven, siéntate y empieza a hacer ejercicios con la mandíbula. Trata de abrirla con todas tus fuerzas.

Entre todos trataron de ayudarlo para que la abriera, pero fue inútil. Javier lloraba desconsolado y los cuatro conferenciaron para ver el camino a tomar.

—Vamos a tener que llevarlo a emergencia. Le va a dar un patatús serio ahorita —dijo Pachín.

—Donde vayamos, no podemos decir que lo hemos hecho nosotros. Nos podemos meter en problemas. Hay que decir que así lo encontramos —dijo Manolo.

—¿Nosotros? Eso es mucha gente, Junior.

El Sapo le hacía saber con el apodo que no aprobaba la broma. A lo que Manolo contestó:

—¡Bien que le apretaste la mandíbula para que pegue! No seas pendejo. Estamos todos en esto.

El Gordo seguía cagándose de risa, completamente ajeno a la preocupación de los otros y abrazaba a Javier diciéndole:

—Cuñadito, peor sería que te hubieras quedado ciego. Vas a ver que, con un poco de terapia, aprendes a hablar de nuevo. Además, puedes hablar con señas.

Pero la risa lo delataba y Javier se le fue encima, recibiendo la consiguiente paliza de alguien que le llevaba cuarenta kilos. Hubo que separarlos y, sin más, subieron al carro rumbo al hospital.

El doctor Ormeño, residente de emergencia, ya estaba harto de la vendimia. Por su culpa tuvo que pedir glucosa de emergencia a Lima y a todos los hospitales aledaños; y es que cada diez minutos llegaba alguien más con intoxicación alcohólica y el asunto prometía volverse peor. Solo faltaba que uno de esos pituquitos imberbes se le muriera para que sus sueños de trabajar en Lima se hicieran humo. Estaban usando hasta las camas de maternidad. En el almacén del fondo habían acomodado varios colchones viejos en el suelo para recibir a tanta gente.

Cuando vio llegar a la curiosa comparsa, pensó que por fin iba a dejar de tratar borrachos. Este parecía un caso real y si lo curaba, esa oportunidad de ir a trabajar a Lima tal vez se le haría realidad. El padre del chico lo podría ayudar con alguna recomendación o algo.

Le explicaron, hablando todos al mismo tiempo, lo que pasaba con Javier. El doctor los miró y le dijo al Gordo:

—Usted, explíqueme: ¿qué sucede con el paciente? ¿Qué ocurrió?

—No sabemos doctor, ayer nos pasamos de copas y cuando se despertó, no podía hablar. Ha estado como loco ya casi dos horas. Incluso nos ha querido agredir, doctor. No puede mover la boca.

El doctor miró a Javier, que con los ojos desorbitados y sudando frío, estaba en una camilla, mientras le tomaban los signos vitales. El doctor Ormeño quiso impresionar un poco y dijo:

—El paciente tiene una parálisis facial periférica idiopática, que generalmente afecta a un solo lado de la cara, pero en casos raros puede afectar simultáneamente a los dos lados y este parece ser uno de ellos. No se preocupe, mi amigo, le vamos a dar unos relajantes musculares y con un poco de terapia va a quedar como nuevo.

Sin embargo, al ver sus signos vitales, el doctor decidió darle unos calmantes fuertes. Su presión estaba por las nubes, tenía taquicardia y sudaba profusamente. También le administraron glucosa para desintoxicarlo un poco. El olor delataba un alto volumen de alcohol en el cuerpo.

El doctor los llevó a una sala de espera y trató de indagar si en la familia tenían algún médico, para poder transferirlo en óptimas condiciones. Todos negaron conocer a ningún doctor, ni en la familia, ni en su entorno. El Gordo con voz muy seria y un tono de seguridad muy propio, le dijo:

—En mi familia todos somos muy sanos, doctor. ¡Ni vacunas nos ponen!

El Sapo, que a toda costa trataba de no involucrarse, dijo:

—Doctor, usted póngalo en un estado en que pueda viajar a Lima y nosotros nos encargamos del resto.

Ormeño se resignó y se consoló pensando que aun podía haber otra oportunidad ese fin de semana.

Manolo empezó a preocuparse. Este doctor no tenía ni idea. Solo hubiera tenido que abrirle la boca para ponerle el termómetro y darse cuenta de lo que pasaba. *Estos provincianos son brutísimos*, pensó. De alguna manera tenía que desviar el diagnóstico para que le despegaran las muelas y salir de ahí zafando.

—Doctor, yo soy su hermano, déjeme hablar con él para calmarlo un poco y que sepa que se va a poner bien. Nos queremos mucho. —El doctor asintió y lo llevó con Javier.

—Les voy a dar un poco de privacidad. Me avisa cualquier cosa.

Manolo se sentó al lado de la camilla y le preguntó:

—¿A dónde te fuiste anoche? Te estuvimos buscando como por una hora y te encontramos privado al lado del monumento de la Plaza de Armas. No trates de hablar. Hazme sí o no con la cabeza. ¿Te peleaste con alguien? Porque a mí me parece que lo de tu cara es un puñetazo más que una parálisis.

Javier negó con la cabeza.

—¿Te acuerdas cuando te encontramos?

Otra negación.

—Puede ser que te hayan sacado la mierda. ¿Te duele el cuerpo?

Afirmativo. Manolo sabía que le tenía que doler el cuerpo por la cantidad de patadas que le dieron para que despertara.

—Ahí está, pues. Te pegaron, te privaste y te jodiste la cara. ¡Huevonazo! A ver: déjame verte la boca. Parece que tus labios están hinchados.

Le abrió la boca, lo examinó como si fuera la primera vez, e inmediatamente gritó:

—¡Doctor Ormeño, venga rápido por favor!

El doctor y los otros tres trashumantes llegaron al mismo tiempo y Manolo les dijo:

—Javier me ha dicho con señas que ayer le pegaron y le dieron tan duro que perdió el sentido. Yo estaba viéndole la boca para ver si tenía alguna herida y hay algo en sus dientes que no sé qué es.

Ormeño abrió la boca de Javier y luego de revisar concienzudamente ambas mandíbulas, concluyó lo evidente:

—A su hermano le han pegado los dientes con Terokal u otro pegamento parecido. ¡Esto es un crimen! ¡A quién se le puede ocurrir una crueldad como esta!

—¡Qué salvajes! Ya la gente no cree en nada, doctor. Cómo es posible que haya gente así. Encima de que le han sacado el alma, después le hacen esto. ¡No hay derecho! —Manolo mostraba una indignación propia de la Santa Inquisición.

El Gordo decía:

—Ahorita vamos a ir a buscarlos para sacarles la mierda. Javier, ¿tú crees que puedas reconocerlos? ¡Yo los mato!

El Sapo y Pachín, más moderados, concluían también que por lo menos había que sentar una denuncia policial, aunque ya se sabía que eso no llevaba a nada. Pero Pachín añadió:

—Es una cuestión de principios. Si no empezamos nosotros, nada va a cambiar. ¡Tenemos que sentar una denuncia de todas maneras!

El doctor decidió que había que calmar los ánimos. No era cuestión de empezar una guerra ni cosa por el estilo.

—Tranquilos muchachos. Vamos a ver cómo podemos sacar el pegamento para que este chico se sienta mejor. Mientras tanto, necesito que se calmen y que le den el apoyo de verdaderos amigos.

Manolo agarró al doctor por el brazo y con la voz semiquebrada, dijo:

—Es mi hermano mellizo, doctor, haga todo lo que esté en sus manos, por favor. Si necesita algo, díganos y nosotros haremos lo imposible por conseguirlo. Usted no tiene idea de lo unidos que somos.

Don Ormeño puso manos a la obra, abrió sus viejos libros de química industrial y empezó a buscar un solvente que pudiera usar para remover el pegamento. Mientras tanto, una enfermera frotaba los dientes y muelas con jabón aséptico y pequeñas dosis de alcohol. Los dientes resistían vigorosamente.

El doctor no pudo encontrar ningún solvente que no hiciera más daño que bien, por lo que concluyó que tenía que usar métodos mecánicos. Afortunadamente, a Javier le habían puesto sedantes y un relajante muscular y se dejaba manipular como si fuera un muñeco de trapo. Estaba además tan agotado y adolorido que difícilmente podía quejarse. Se le veía resignado y arrepentido.

El doctor trató de usar pinzas, tenazas y cuanto se le ocurrió, pero fue inútil. El pegamento seguía irreductiblemente cumpliendo su función. Al último decidió que tenía que llamar al dentista del hospital. Alguien lo había visto entrar al cine que quedaba a media cuadra, así que envió a un barchilón a buscarlo a la sala de teatro, explicándole la emergencia.

A los cinco minutos, regresó y Ormeño le preguntó:

—¿Y el dentista?

—El dentista dice que no joda. Que a él no le pagan ni turno ni sobretiempo.

—¿Pero le has explicado el caso? ¿La gravedad del asunto?

—Sí doctor y me contestó que aunque tuviera pegado el hueco del culo no iba a venir.

—¡Hijo de puta! Eso lo hace porque me tiene bronca.

Y pensó para sus adentros: *Este cabrón desde que me levanté a la Aurorita me la tiene jurada. También que con la cara que tiene, ni la madre Filomena dejaría que se le acerque.*

Ya no sabía qué hacer, cuando repentinamente, llegó la luz. Por fin se presentó en su mente la idea salvadora. Convocó a dos enfermeras y se metió al quirófano con Javier. Ahora sí, ya sabía lo que tenía que hacer. Habló con las cuatro almas dolientes en la sala de espera y les dijo:

—Voy a operar al muchacho.

—Doctor, ¿cómo que operarlo?

—Tranquilos, es anestesia local, tengan confianza, voy a remover la goma con bisturí. Puede haber algunos cortes, pero en general, no hay riesgo alguno. Lo voy a sedar un poco más, para que podamos realizar la cirugía sin problemas.

Mientras tanto, Manolo y el Gordo estaban inquietos y preguntándose cuánto tiempo más iban a permanecer ahí.

—Hoy es la fiesta de coronación, Sapo, no nos la podemos perder. Además, Javier tiene que descansar.

Manolo siempre tenía este tipo de comentarios, donde primaba la lógica, pero que en el fondo pura y simplemente satisfacían sus intereses.

—Tienes razón, no tiene sentido quedarnos acá —dijo el Sapo mientras se tomaba una cerveza de las que metieron en un maletín. No iban a estar ahí sentados como momias, tampoco, pues.

—Manolo, anda pregúntale al doctor cuánto se va a demorar.

El Gordo dijo:

—No, yo voy.

El doctor se encontraba en el quirófano, pensando que iba a ser un trabajo de hormigas. Felizmente que Aurorita lo estaba ayudando y terminando se daría su revolconcito con ella, en el dormitorio de los internos. Con la vendimia, los internos habían desaparecido y él tenía la llave.

Aurorita era una iqueña prieta de ojos achinados y piel brillante. Parecía que la hubieran hecho de goma. Dura y suave a la vez. Traía locos a todos los médicos del hospital. Pero había sido Ormeño el elegido, no por guapo, sino porque ella sabía que este sí se podía casar con ella. Los limeñitos y los blanquiñosos iqueños solo querían una cosa y después se irían a Lima o al extranjero. Los serranos eran todos horribles, así que Ormeño resultó el agraciado. Ella veía a Ormeño como un futuro médico familiar en Ica, conocido por todas las familias de clase media y media alta, aceptado por la necesidad de tener a alguien de ese nivel a la mano. Ya si era una cosa seria, se iban a Lima al especialista, pero Ormeño era perfecto para Ica. El único que no lo veía así era el propio Ormeño. Aurorita se daba cuenta de eso, pero tiempo al tiempo. Ella se encargaría de que se quedara en Ica.

—Doctor, disculpe que lo moleste, pero queremos ir a llamar a los papás de Javier, para que no se preocupen. ¿Cuánto se va a demorar?

—Vayan nomás, muchachos, acá tengo por lo menos para unas tres horas. Aprovechen para comer algo y disfrutar de las tejas y dulces iqueños.

—Sí, huevón —murmuró Pachín, mientras salían a toda prisa.

Ese sábado fue histórico y memorable. La fiesta de coronación estuvo estupenda. Aunque no estaban invitados, estuvieron presentes desde temprano, con entradas y todo. Había *whiskey* al por mayor y todo Ica y medio Lima estaban en la fiesta. Bailaron, chuparon y se armaron gloriosamente, hasta que el Gordo tuvo la peregrina idea de robarse una de las coronas de las reinas y salió a bailar con la corona puesta.

Tres guachimanes lo sacaron en vilo y uno de los coordinadores le quitó la corona. Los otros tres miraron silenciosamente la salida del Gordo y el Sapo dijo:

—Si no regresa en media hora, nos vamos a tener que ir.

No habían pasado ni diez minutos, cuando vieron pasar al Gordo a toda velocidad, ir hasta la mesa de las reinas, cargar con la corona de una de ellas con peluca y todo y salir corriendo de nuevo. Aunque lo trataron de agarrar varias veces, les fue imposible retenerlo. El Gordo medía más de un metro ochenta y pesaba ciento veinte kilos. Detenerlo era como tratar de parar un tren.

Resignados, Pachín, Manolo y el Sapo, salieron de la fiesta. Ahora a buscar al Gordo. Seguro que se había metido al auto y estaba escondido en algún lugar confiando en la habilidad de ellos para encontrarlo, pues no eran los únicos que lo estaban buscando.

De repente, escucharon unos silbatos de policía, unos gritos y vieron aparecer el auto blanco del Gordo dirigiéndose a toda velocidad hacia donde se encontraban. Sin siquiera detener el auto, se subieron los tres y enfilaron con rumbo a Lima. Esta aventura con toda seguridad pasaría a formar parte de la historia del barrio y, con suerte, saldría hasta en los periódicos. ¡Y ellos eran los protagonistas!

Entrando a la carretera, Manolo dijo:

—¡Javier!

Dieron la vuelta y fueron a recoger a Javier. Al llegar al hospital, el doctor Ormeño les hizo saber que Javier los esperó como dos horas después de la operación y luego se había ido sin decir nada.

—También que ustedes se fueron por un rato y ya es casi la medianoche. Por favor, hablen con la enfermera de la entrada, porque hay unas facturitas pendientes.

—Si doctor, no hay problema. Más bien, muchas gracias por todo.

Sin hacer caso a las llamadas de la enfermera, salieron, subieron al auto y esta vez sí emprendieron el regreso a Lima. En silencio. Había algo denso, amargo y oscuro en el ambiente. La ausencia de Javier pesaba y todos sentían una especie de culpa que ninguno quería admitir.

Finalmente, llegaron a Lima. Antes de dejar a Manolo, le pidieron que viera si Javier había llegado. Subió y encontró a Javier plácidamente dormido. Por la ventana les hizo saber que todo estaba bien y se echó a dormir.

Al día siguiente, Manolo se despertó e inmediatamente se dio cuenta de que estaba en su cama. Buen comienzo. Empezó un ejercicio mental que ya se estaba convirtiendo en rutinario cada vez que abría los ojos y no recordaba lo ocurrido la noche anterior: *Me llamo Manolo, estoy en mi cama, mi hermano mellizo se llama Javier y no me duele nada.*

Sin embargo, había algo que le molestaba. Una sensación extraña, como que alguien le estuviera jalando las piernas. Se levantó y al ponerse de pie, arrastró consigo las sábanas de la cama. Perplejo, notó que las sábanas, la de arriba y la de abajo, estaban pegadas a su cuerpo, desde el pecho hasta los tobillos. En la parte de atrás, podía notar que estaban peligrosamente pegadas al ano. *Esto va a doler como mierda*, pensó Manolo.

Instantáneamente, miró a Javier, que estaba despierto y lo miraba con atención. Manolo no dijo nada y Javier hizo un solo comentario:

—Debe haber sido el loco Tris, el mismo que me pegó los dientes…

—¡Sí, carajo! ¡Huevón de mierda! —Manolo estaba rojo de ira.

—Y encima te molestas. ¡Agradece que te quiero como a un hermano!

Gelatina sin Vaso

Nunca supe su nombre y me he olvidado de su apodo. Pero recuerdo su chapa.[5] Y es que chapa y apodo no son lo mismo; una chapa define cruel y contundentemente un defecto mientras que un apodo es más afectuoso: Mito, Chato, Pollo...

Los apodos pueden usarse casi siempre y delante de todos. Las chapas con frecuencia se usan a espaldas del aludido, o en ambientes específicos. Como "Pezuñento" a quien no tiene pies, o "Cachetada del Diablo" a alguien no muy agraciado.

La chapa de mi personaje era "Gelatina sin Vaso". Su apodo, por el que lo conocían todos, era gracioso, pero no ofensivo, y él lo aceptaba sin reparos. Pero nunca supo su chapa.

Mi amigo Armando, extraordinario definidor de comparaciones, fue quien se la puso. Bastaba verlo unos instantes para entender. Más que caminar, se desplazaba arrastrando los pies y desafiando las leyes de

---

[5] Chapa es un modismo peruano. En otros países de habla hispana, el equivalente seria la palabra "mote", aunque quizás esta tenga un poco menos de fuerza.

gravedad y equilibrio en cada paso que daba. No se podía dejar de sentir pena y conmiseración al ver el tremendo y doloroso esfuerzo que para este hombre representaba una función tan natural como caminar. Pensar en la dificultad con que tenía que realizar cualquier actividad desgarraba el alma.

Nadie sabía la razón de su defecto, ni si era una enfermedad congénita. Yo me inclino a pensar que fue una víctima de la Talidomida, esa droga para náuseas que en la década de los cincuentas mal formó a muchos recién nacidos.

"Gelatina sin Vaso" era gordo, con un brazo mucho más chico que el otro y con la mano derecha que parecía más un apéndice inútil que otra cosa. Su cara estaba siempre torcida y con un rictus que parecía de dolor pero que en realidad era simplemente la posición normal de sus músculos.

Su infancia fue terrible y sospecho que no terminó la secundaria. La familia lo escondía con vergüenza y era deliberadamente ignorado por ellos pues les recordaba episodios dolorosos y momentos humillantes. Siempre con gente burlándose, abusando y tomando ventaja de él. No debe haber sido fácil.

Obviamente, en una ciudad como Lima en los setentas, hubiera sido imposible que encontrara cualquier tipo de trabajo. Era una persona que estaba destinada a vivir con sus padres y familia hasta que muriera, probablemente de aburrimiento.

Sin embargo, él descubrió una manera honesta no solo de ganarse la vida, sino de poder darse algunos gustos, y lo más importante, algo que muchos hombres completos no consiguen: el respeto de sus semejantes.

"Gelatina sin Vaso" se dedicó a apostar a los caballos. No como cualquier aficionado, que se compra una revista de pronósticos y la hojea tomando decisiones rápidas. Para él era un trabajo, y lo trató como tal. Visitaba los haras, hablaba con los *jockeys* y preparadores, y diariamente leía sus estadísticas y trabajaba sus pronósticos. Poco a poco la gente del hipódromo fue acostumbrándose a su peculiar y patética figura, desplazándose de aquí a allá, tomando notas en una arrugada libreta que llevaba siempre con él y marcando en su revista con extraños signos cada caballo y carrera.

Si en algo podían concordar todos aquellos que lo conocían era en esa rabiosa determinación para garantizar su independencia de cualquier tipo de ayuda y su insistencia en ser tratado como uno más. Lo vi caerse más de una vez al perder el equilibrio y fui testigo de una cólera insospechada al rechazar a las personas que se acercaron a tratar de ayudarlo.

Desde la bodega donde siempre se reunían los muchachos del barrio, lo veíamos religiosamente pasar con el *Estudie sus pronósticos* y sus apuntes bajo el brazo inútil, siempre saludándonos. De vez en cuando se detenía, conversaba con nosotros y nos invitaba un par de cervezas. Solo algunos pocos le entendían, porque tampoco hablaba claro. No faltaba aquel que le pedía datos sobre un caballo en particular o el clásico del domingo. Él siempre respondía con certeros y sesudos análisis sobre aquello y siempre daba un ganador.

—Para los amigos —solía decir con su deformada sonrisa.

A fin de llegar al hipódromo, debía tomar un microbús que lo dejaría en la entrada. ¡Cuántas veces los vi seguirse de largo! Quién sabe si por temor, rechazo o simplemente porque su aspecto era difícil de aceptar.

Nadie jamás pensó en el dolor y oprobio que el pobre hombre sufría con esto. A la siguiente cuadra ya nadie se acordaba de la desagradable escena.

Así y todo, no faltó un solo sábado ni domingo a las carreras, y de esta manera se ganaba honesta y duramente la vida.

Para mí era un hombre digno de respeto. Dios sabe que yo me hubiera abandonado y ni siquiera habría soportado la mitad de lo que "Gelatina sin Vaso" tenía que tolerar cada día. Mucho menos hubiera podido mantenerme a mí mismo.

Yo tenía veinte o veintiún años, y pasaba por épocas difíciles en mi vida. Por supuesto, lo sabía todo y lo podía todo. Nunca me iba a equivocar y todas mis acciones y decisiones eran correctas. Mi exagerada arrogancia y mi soberbia hacían de mí un joven pedante y engreído.

Cuarenta años después, cuando escucho a alguien hablar con absoluta seguridad, me aterro al recordar que yo tenía exactamente la misma certidumbre y el tiempo me demostró cuán equivocado estaba. Por eso desconfío de muchos líderes de opinión.

Prefiero confiar en personas como mi amigo, el protagonista de esta historia.

Un sábado por la noche yo venía de verme con una señora diez años mayor que yo y con la que mantenía una clandestina aventura amorosa. En esa ocasión, y sin entrar en detalles, me había regalado un perfume Lancaster.

Eran alrededor de las once de la noche y estaba dándome una vuelta por el barrio para ver si encontraba a alguien con quien tomar una cerveza. Era la rutina de todos ya que, si no había nadie, podía uno buscar a Pepé y al Pollo, primos sin oficio ni beneficio siempre dispuestos a tomarse un trago con el dinero de alguien más y con coeficientes intelectuales suficientes para comunicarse con otros seres humanos, pero hasta ahí nomás.

Felizmente encontré a mi pata Pichón, y nos fuimos al Ulanova, un barcito en Petit Thouars que recogía todos los excedentes del Superba, que quedaba a una cuadra.

Nos pedimos una cerveza y de repente apareció "Gelatina sin Vaso", quien se sentó con nosotros e inmediatamente pidió dos cervezas. Cuando alguien pedía dos cervezas en un grupo, obtenía automáticamente el derecho a sentarse con ellos. Para esto, yo había puesto el perfume en la mesa, pues era muy incómodo llevarlo en el bolsillo.

La conversación, como era natural, derivó al hipódromo y a las carreras del día siguiente. Pichón, muchacho simpático y agudo, le iba sacando entre broma y broma y fragmentos de conversación que yo no podía entender, todos los ganadores del día siguiente.

"Gelatina sin Vaso" parecía no darse cuenta del juego de Pichón, y le regalaba la información que tanto trabajo le costaba obtener con la ingenuidad propia de un niño. Pero en un momento dado, cruzamos la mirada por casualidad y me percaté de inmediato que no existía nada de inocencia en ella. Y es que, lejos de lo que se pudiera pensar, era tremendamente inteligente y perceptivo. Al darse cuenta de que su mirada lo había delatado, me dirigió una retorcida y traviesa sonrisa.

Pichón aún seguía pensando en lo fácil que era tomar ventaja de la situación. Pero no entendía lo que yo pude percibir: "Gelatina sin Vaso" estaba en el "barrio", con sus "patas" y generosamente quería compartir todo lo que tenía. Nunca más lo pude mirar de la misma manera. La grandeza y la nobleza nacen en sitios imprevisibles sin duda.

La conversación se tornó más fluida con las siguientes cervezas y estábamos los tres pasando unos momentos realmente agradables. "Gelatina sin Vaso" era uno más en el bar y así lo sentíamos nosotros. Noté que de vez en cuando dirigía la mirada al perfume que permanecía en la mesa, hasta que finalmente cogió el pomo entre sus extremidades deformes, y me preguntó de dónde lo saqué. Le expliqué brevemente las circunstancias y el origen del regalo y no le di mayor importancia. Pichón y yo seguíamos conversando, mientras él abría el frasquito.

Los perfumes Lancaster de esa época eran muy populares, agradables, fuertes y hasta un poquito putones. Es decir, se usaban para llamar la atención del sexo opuesto agresivamente. Las feromonas y esas cosas no existían en esos años.

Repentinamente, escuché un gemido espantoso, casi gutural. Parecía venir del alma, en un abismo sin fondo de angustia y dolor.

Todo el bar volteó a ver el origen de ese terrible grito, y hubo un silencio general que duró varios segundos; era "Gelatina sin Vaso", que olía el perfume y gemía y lloraba sin esperanza y con un sentimiento incontrolable.

En ese momento, y por unos instantes, se abrió ante mí la naturaleza escalofriante de lo que pasaba por la mente de este hombre: el aturdidor entendimiento de una opción negada para él de una manera cruel y despiadada, el hecho de que nunca podría amar ni ser amado; que, sin importar su tremenda lucha para salir adelante, y ganarse con muchísimo mérito el respeto de sus semejantes, el amor no podía existir en su vida. Probablemente habría amado a más de una mujer, pero siempre sin la esperanza de ser correspondido.

Creo que todo el bar entendió. Nadie se acercó, nadie hizo un comentario, y poco a poco, todos volvieron a lo suyo. Pero lo de él ya no era igual. De alguna manera, las cosas eran diferentes ahora. Creo que solo atisbar brevísimamente dentro de esa angustia y ese dolor dejó un recuerdo en todos que ha sido imposible olvidar.

Para mí, ver a alguien como este hombre, sin duda alguna un paradigma de la dignidad del ser humano, condenado a esta espantosa soledad fue un despertar terrible a la realidad. Creo que fue el día en que tomé conciencia de ser un adulto en un mundo que no era de mi agrado.

Después de eso lo único que recuerdo es haberme ido solo, abrumado, deprimido y sin perfume, completamente derrotado por la miseria de la condición humana.

Durante unos años nos seguimos viendo; él, camino al hipódromo, y yo, conversando con los del barrio en la bodega. Siempre nos saludamos con esa mirada cómplice de aquella noche.

Luego la vida me llevó por otros rumbos y dejamos de vernos. Tiempo después, supe que había muerto tranquilamente mientras tomaba una siesta de verano.

Hasta el último día fue capaz de valerse por sí mismo.

El cura de los gatos pardos

Gonzalo se dirigía caminando al colegio, como todos los días. Estaba con las justas, pero no tenía prisa. Cada día trataba de encontrar un nuevo entretenimiento para esas escasas tres cuadras. Un día trataba de pisar solamente uno de los cuadrados que enmarcaban la vereda a cada paso, otros días trataba de hacerlo en dos, o contaba la cantidad de lagartijas que iba encontrando. Podían ser los perros en el camino, o tirar piedritas a los postes. Algunas veces miraba a otros chicos ir al colegio para ver si reconocía esos intermitentes pasos más largos o cortos que los identificarían como "contadores de cuadrados", pero nunca encontró a ninguno.

Le gustaba llevar solo un libro, porque se veía bacán. Más de uno era un problema, se desacomodaban y eran muy voluminosos. El que más le gustaba era el de Historia Universal, chico pero grueso, y además estaba en inglés. Eso siempre daba un poco de clase.

A los trece años, ya sospechaba que era diferente a los demás. Su principal problema era al levantarse. Tenía la impresión de que una mano misteriosa hacía girar una especie de rueda de la fortuna justo antes de despertarse, y de acuerdo con el resultado, se sentía eufórico, angustiado, normal o deprimido. Incluso tenía la opción de bancarrota, en la que llegaba a sentirse físicamente enfermo sin realmente estarlo. Esos días trataba por todos los medios de no levantarse de la cama, pero casi siempre terminaba yendo al colegio, en un estado miserable.

Al mirar a su hermano en las mañanas, este conocimiento se aseguraba aún más. Su hermano se levantaba siempre a la misma hora y con un entusiasmo digno de alguna actividad más elevada que ir al colegio para aprender cosas que ya sabía o que no le iban a ser de utilidad. Alex era menor que él y mucho más activo. En general, era casi imposible para él mantenerse quieto. Maquinando alguna travesura, aventura o escaramuza que invariablemente le saldría bien, y que en muchos casos contaría con él como víctima.

Esa mañana, su cabeza estaba en otra cosa. Tenía casi cinco meses en este nuevo colegio, y no le iba mal. En el colegio anterior, el inglés que le enseñaron era muy pobre y escaso, y al principio tuvo algunos problemas de adaptación, pero se adecuó rápido y se convirtió en fanático de la Historia Universal a pesar de tener el libro en inglés. Leyó el voluminoso tomo varias veces, siempre con la misma fruición y deleite de la primera vez.

Sus compañeros eran bastante normales en su mayoría y no tenían reparos en contarlo como amigo. No había ningún matón o bravucón, a excepción del Cholo Contreras, el más flaco de la clase y que daba la impresión de desbaratarse cada vez que caminaba rápido. Era un inútil completo en Educación Física, usaba lentes y no jugaba ningún deporte, pero manejaba la boca como un artista de plazuela. Los chiquillos lo miraban entre aterrados y admirados; pero, dentro de la clase, era sobre todo una atracción que hacía las clases más entretenidas. Nadie lo tomaba realmente en serio, era indudablemente popular y objeto de muchas bromas e historias.

Prácticamente todos tenían apodos, la gran mayoría ofensivos, y que había que aceptar sin chistar. Era la ley de la clase. Había locos, locas, chanchos, perros, cholos, chinos, huacos, burros, negros, pájaros variopintos y hasta enanos y chatos. Gonzalo era conocido como Cometín, por su afición a "volar cometas", cuestionable pero placentero hábito juvenil. En realidad no lo hacía más que otros en la clase, pero cometió la imprudencia debido a su pertinaz curiosidad de ir indagando sobre ese hábito juvenil entre varios de sus compañeros. Lo aceptaba con resignación y sin mayores problemas. Hubiera podido ser mucho peor.

Ese año había llegado también al colegio un cura nuevo. Era peruano, lo cual no era común, pues la mayoría eran hermanos y curas americanos, la mayoría del medio oeste norteamericano, muy conservadores, por cierto. Desde que llegó, hizo notar su presencia abusando de algunos alumnos cuando por diversas circunstancias no hacían lo que él pensaba que era correcto.

Bajo, un poco regordete, con una nariz ganchuda y prominente, tenía un mechón de pelo blanco que él dejaba balancearse al descuido sobre la frente.

Era curioso que nadie hubiera reparado en la chispa de maldad que parecía brillar en sus pequeños ojos de manera intermitente. La sonrisa era amplia y a todas luces fingida. De hablar meloso y melifluo con los adultos, muchos quedaban cautivados con esta mezcla tan estridente de características. Con los jóvenes hablaba en jerga, agresivamente, y con ese aire de estar de regreso de todo, tan común en niños y adolescentes para establecer territorialidad y autoridad.

Pero sin duda era su lenguaje corporal lo que más impactaba. Caminaba estudiando cada paso, con cierta dejadez en el andar que parecía transmitir dominio absoluto de la situación. Los movimientos del cuerpo y las manos daban a entender que era un hombre que dominaba su cuerpo a la perfección.

Hizo saber de inmediato que era limeño, de San Isidro para más detalle, que había pertenecido a los Gatos Pardos, pandilla legendaria de los años cincuenta en Lima, que le decían Pato, y que le sacaría la mierda al primero que lo llamara así.

Gonzalo y toda la clase lo vieron agarrar a cachetadas a un alumno nuevo que llegó tarde porque tuvo que ir a dejar a su hermanito al colegio infantil. Aquella escena levantó una señal de alarma en la mente de Gonzalo ya que la crueldad y prepotencia del abuso fueron extremas para la falta.

Los primeros meses, la clase entera quedó prendada del Pato. Escuchar a un hermano decir lisuras, contar historias de broncas, y mencionarse como conspicuo miembro de los Gatos Pardos[6] en ellas, fue suficiente para encandilar a todos. Estudiantes de trece y catorce años, descubriendo la vida y asimilando la realidad de otros a borbotones, hacían un público extraordinario para que el Pato contara sus aventuras.

Finalmente, pensaba Gonzalo, *tenemos una persona mayor que puede enseñarnos cómo es la vida real y no lo que se vive al interior de nuestras casas, donde nunca se habla de sexo ni de nada que no vaya más allá del filtro familiar de los chismes y las rencillas entre los tíos.* ¡Esto era estupendo! Se hicieron campamentos, paseos y actividades, en los que el Pato era el centro de energía. Hasta los padres de familia estaban contentos de tener a un mayor así en el colegio. Alguien que llegara a la mente de los chicos, que a esa edad son tan difíciles, no tenía precio.

Poco a poco, la clase se fue enterando de que su padre fue piloto de avión en la Segunda Guerra Mundial, que vivía con una bala en la cabeza, que su casa tenía ascensor para los autos, que había tratado de hacer suya a Elizabeth Taylor y que con los Gatos Pardos había roto más cabezas que brazos y piernas en las innumerables broncas en las que se vio envuelto.

Pero lo que le preocupaba a Gonzalo esta vez era diferente. Sentía una cólera sorda y un temor que le atenazaba el corazón confluyendo al mismo tiempo.

---

[6] Los Gatos Pardos fueron una especie de clan de los barrios de Miraflores y San Isidro, precursores de la música *rock* y amantes de las motocicletas y las peleas contra otros barrios y clanes a fines de los '50 y principios de los '60. Fueron desplazados por "Los Franceses". Ambos clanes estaban formados por jóvenes de la clase alta y media alta de Lima, llamados también "pitucos".

Parecía como si esa mañana la Rueda de la Fortuna hubiera girado dos veces. Era una sensación que aún no lograba controlar y que nunca experimentó con tanta intensidad. Solo sabía que no quería sentirse así.

Y es que el día anterior el Pato estuvo en su casa tratando de conseguir permiso de su padre para un campamento que estaba organizando. Gonzalo era fanático de los campamentos, y quería ir a este de todas maneras. Sabía que le iban a dar permiso, así que la visita lo desconcertó y le dejó un sabor amargo.

Casi toda la conversación se basaba en obtener un permiso que su padre ya había otorgado y nada parecía tener sentido. El Pato insistiendo en conseguir el permiso y el padre insistiendo que ya lo había dado. Finalmente, salieron ambos a la calle para despedirse.

Su padre regresó y continuaron la comida interrumpida. Mudos testigos del incidente fueron su hermano Alex y su madrastra. Gonzalo y ella no se llevaban bien, pero existía un sobreentendido pacto de no agresión mutua y en general, las cosas iban bien por ese lado. Él no era de hacer mucho lío.

Pero su padre tenía problemas para entender la personalidad de Gonzalo. Nunca se oponía o decía que no a sus órdenes, pero siempre hacía lo que le viniera en gana. En realidad, Gonzalo solo hacía lo que quería, y no necesariamente lo correcto.

Ganaba muchas veces por inacción, obligando a su padre a hacer algo que no quería, llegando a otra situación en la que su padre tendría que volver a hacer algo no deseado, y así. Al final la victoria, si lo era, era pírrica en ambos lados, y las cosas seguían igual, que es lo que Gonzalo perseguía en realidad.

Gonzalo se preguntaba a menudo qué había en este cura que no encajaba. Hablaba tan bien y con tanta seguridad en sí mismo que nunca dudó de la veracidad de las anécdotas, pero tenía algo más, algo que no podía definir pero que sentía con intensidad.

Finalmente llegó al colegio, y en la puerta estaba el hermano Hank. Gonzalo se apresuró a decir: *"Good morning, brother"*. En vez de la respuesta habitual, Hank lo miró y empezó a vociferar en su mezcla de inglés y español: *"What the...?* ¿Un solo libro? *How can you study*[7]*?* Brruto pues, brruto pues...".

¿Y a este cura qué le importaba cuántos libros llevara él al colegio? Si sacaba buenas notas, ¿cuál era el problema?

Sintiéndose injustamente agredido, siguió caminando, y se propuso quedarse más tiempo frente a la oficina de la secretaria para mirarle las piernas. Nada extraordinario, pero eran las únicas piernas en todo el colegio. Además, a los trece años, una falda un poco por encima de la rodilla era una señal de partida inmediata para los más flamígeros sueños de cualquier adolescente.

Por último, y satisfecho de esta sutil y gratificante venganza, entró a su salón. El Pato ya estaba ahí, y después del "Buenos días, hermano", porque este era peruano, y de recibir la mirada malévola que le fue dirigida como respuesta, se sentó.

Tenían clase de Religión y el profesor era el Pato. Desde que empezaron el año solo tenían avanza-

---

[7] ¿Cómo puedes estudiar?

das como quince páginas del libro. Estaban en el capítulo II de XXIV. Pero nadie se preocupaba. La Religión era un curso que no tenía valor oficial y, qué duda cabe, un hermano, que había dedicado su vida a Dios, estaba más que calificado para dictar este y muchos otros cursos de ese tipo. Así que el Pato sabía lo que hacía. Además, a todo el mundo le gustaba la clase así como estaba. Escuchaban todas las aventuras del Pato, de su familia, sus amigos, sus romances, sus broncas y hasta sus cuestionamientos de fe cuando los tuvo, porque ahora estaba seguro de estar en el camino correcto, algo que Gonzalo dudaba con frecuencia, aunque le parecía genial conocer alguien que hubiera tenido una vida tan escabrosa para al final llegar a Dios.

Hacía un par de meses que el Pato había introducido un esquema de interrogación personal a toda la clase. Al enterarse de que alguien tuvo una bronca o cualquier tipo de incidente, el alumno era llamado al frente.

Para asegurar dominio visual, el Pato se sentaba en la mesa del profesor, con lo que siempre tenía una ligera ventaja de altura. Si la víctima tenía lentes, le decía de manera lenta y calculada: "Quítate los lentes". Esta parte del ritual significaba que las cachetadas iban a darse de todas maneras. A veces hacía preguntas previas, y en algunas ocasiones, muy pocas, el interpelado lograba escapar ileso.

Luego empezaban las preguntas. La reacción a cada pregunta era imprevisible, pero Gonzalo estimaba que estaban en una relación de tres preguntas con cachetada por una pregunta sin castigo físico. Una vez terminada la intervención, el cacheteado regresaba a su sitio. Casi nadie lloraba y la mayoría afrontaba la humillación con dignidad.

Pero estaba el Cholo Contreras. Un enfrentamiento entre ambos era inevitable. Y así ocurrió. Cada vez con más frecuencia, menos alumnos dejaban de ir al frente mientras las visitas del Cholo aumentaban más y más cada día. Parecía como que el Cholo fuera el relleno de la sesión. Cuando sobraba tiempo y no había más víctimas, se escuchaba un breve: "Cholo, ven…".

Y el Cholo iba. Derrotado y humillado, se sacaba los anteojos mientras caminaba al frente. Aunque le sacó lágrimas muchas veces, y las palizas fueron tremendas, el Cholo nunca dijo una palabra, ni se quejó con nadie.

Gonzalo, a quien nunca le tocó ir al frente, miraba la cotidiana escena entre extasiado y asqueado. Había ciertamente un atractivo morboso en ese abuso sin defensa posible, pero la conciencia también le decía que lo que estaba viendo era despreciable e inhumano.

Sacó su libro de Religión y se distrajo mirando los cientos de muñequitos que dibujó sobre la página catorce, en la que se habían quedado más de una semana, así que no escuchó al hermano mencionar su nombre, hasta que el Negro le dio un codazo y le dijo:

—¡Te llaman oye!

Miró al Pato, como diciéndole "¿Yo?". Y la mirada de respuesta fue "Sí, tú". Sin poder creerlo, con el corazón en vilo y las piernas temblando, se dirigió a la mesa del profesor. Mil pensamientos pasaban por su mente. ¿Lo habría visto fumando en la bodega? Quizás alguien le habría contado las crueldades que hacían con los grillos y lagartijas en la urbanización. La zona desértica de Trujillo estaba llena de estos bichos y se podían agarrar con mucha facilidad. ¿Sería la metida de mano a la empleada de los Samanez, que estaba muy buena? Pero ese fue el Cholo y no él. Al llegar frente al Pato, sin preguntas, este murmuró suavemente:

—Quítate los anteojos.

Gonzalo obedeció, pero al querer el Pato ponerlos en la mesa, no lo dejó y se los puso en el bolsillo. Hubo un largo silencio mientras a menos de diez centímetros, el Pato lo miraba con esos ojos revirados, reflejando, ahora ya estaba seguro, maldad pura. Sintió terror, no miedo al castigo físico, sino a una presencia desconocida y maligna.

Casi en un susurro, el Pato le dijo:

—¿Tú le faltas el respeto a la señora de la casa?

Su reacción fue inmediata. Gonzalo casi siempre asumía culpa, probablemente por su baja autoestima, pero en los casos en que estaba seguro de ser inocente, podía reaccionar con inusitada violencia. Se escuchó un poderosísimo "¡NO!" en todo el salón, y con seguridad fuera de él, pues Gonzalo lo gritó con todas sus fuerzas.

Resignado ya no solo al castigo físico, sino a algunas horas después de clase por su reacción, Gonzalo se limitó a esperar el siguiente paso, que sin duda sería una fortísima cachetada. Grande fue su sorpresa cuando escuchó:

—Muy bien. Anda siéntate.

No podía creerlo. Reaccionó por instinto, y el instinto, por una vez, lo salvó. ¿Así que esto era lo que habló el Pato con su viejo? De seguro el Pato interpretó mal algo, pues no formuló la respuesta correcta. Todas sus emociones y pensamientos se vieron interrumpidos cuando escuchó:

—Cholo, ven…

La paliza que recibió el Cholo ese día fue memorable. En un momento, el Pato le dijo:

—Cholo, para cualquiera cosa que hagas, ¡tienes que pedirme permiso a mí primero!

El Cholo murmuró:

—¿Para todo, hermano?

El Pato lo agarró del cuello y le dijo:

—¡Mira huevón, hasta para comprarte calzoncillos tienes que pedirme permiso a mí! ¿Entiendes, carajo?

—¡Sí hermano, entiendo, entiendo!

Al borde de las lágrimas, el Cholo parecía haber llegado a su límite. La clase entera estaba estática. No circulaba una mosca y el aire se sentía pesado, el color de las cosas se veía más oscuro y las nubes parecían haberse descolgado del cielo.

Todos se miraban las caras, demudados y atónitos. Gonzalo se preguntaba hasta dónde podían llegar las vejaciones en una relación donde la desventaja era tan evidente. Circularon cientos de imágenes por su mente, desde los primeros mártires hasta los héroes de diversas guerras y de tantas injusticias que había leído en una numerosa cantidad de libros y que en la soledad de su cuarto sublevaron todos sus sentimientos.

Aunque nadie dijo nada, ese fue el día que el Pato dejó de ser un ídolo para todos. El respeto por él y sus aventuras empezó a decaer rápidamente.

El único pecado del Cholo era ser fanfarrón y tratar de aparentar más de lo que en realidad era. Su padre era un próspero comerciante, muy decente, pero jamás sería parte de la sociedad trujillana, ni miembro del Club Central o del Club Libertad. El Cholo trataba de compensar esa carencia con historias falsas y exageradas y con una mano de viveza criolla y pendejada.

Íntimamente sabía que, aunque tuviera muchísimo dinero, habría lugares que le serían vetados siempre. Hasta que terminó el colegio, cualquier incidente que ocurriera, terminaría tomando como víctima y protagonista al Cholo. No importaba quiénes hubieran estado involucrados, el Cholo era con toda seguridad el único expulsado.

Dentro de su espectacular debilidad física, había que concederle muchas cualidades. Gonzalo fue testigo de muchos conatos de bronca en los cuales la boca del Cholo no solo lo salvó de ir al hospital, sino de quedar más humillado aún. Todo lo contrario. Entre los otros salones, su reputación era de bronquero y buen "mechador", por lo que podía darse el lujo de avasallar gente así como lo avasallaban a él en la clase de Religión.

Antes de que terminara ese año, el Pato se dio maña para expulsar a tres alumnos, con los cuales no podía practicar su técnica de interrogación, ya que eran más altos y fuertes que él. Gonzalo imaginaba que no quería correr el riesgo de quedar mal delante de todos.

Poco tiempo después, trascendió la noticia de que el Pato se había desligado de la congregación y que era un laico más.

Luego, muchas cosas empezaron a salir a la luz; entre ellas, que no renunció, sino que fue expulsado de la orden.

Casi veinte años después, en Lima, Gonzalo vio al Pato caminando por el centro y lo siguió por unas cuadras, dudando entre hablar con él o ignorarlo para siempre. Lo vio entrar al Ministerio de Relaciones Exteriores y se acercó a la mesa de partes para preguntar por él, en qué oficina trabajaba, qué hacía, y mucho más. El conserje anciano que lo atendió, coincidentemente ataviado con un terno del mismo color, le dijo:

—¿Ah, se refiere al Pato? Sí, es uno de los portapliegos del ministerio. Pero le dicen Pato de cariño.

Gonzalo no preguntó más. Se dio la vuelta y se fue. A la media cuadra, se sorprendió de tener aún una sonrisa en los labios.

La clase de tercero de media de ese año hizo historia en el colegio en deportes, estudios y actividades inter-escolares. Sumamente unidos, casi cincuenta años después, se seguirían reuniendo todos los años. Sin embargo, un personaje como el Pato se mencionaría en brevísimas ocasiones.

Gonzalo, ya mayor, pensaba que era porque fue una de esas partes de la vida que todos prefieren olvidar. Esa complicidad silenciosa, esa impotencia ante el abuso y la humillación quedaron grabadas en el corazón de cada uno muy profunda y ocultamente.

El cumpleaños de Alvarito

Álvaro no se sentía bien ese día. Era jueves en la mañana y cumplía veinticuatro años. En el cuarto que alquilaba, concluyó que no era justo sentirse tan solo en un día que debería celebrar con todo el entusiasmo de su edad.

En la oficina nadie lo saludaría porque la lista de cumpleaños, por alguna oscura razón, se publicaba siempre un día después. Él cumplía años el primero del mes, así que los saludos vendrían al día siguiente y ya no era lo mismo. Era como tener comida del día anterior. O como decía la famosa canción de salsa en esos días: *"Tu amor es un periódico de ayer"*.

Pero tenía que levantarse para ir a trabajar. En el baño que compartía con dos hermanas, ambas mayores de setenta años que le alquilaron el cuarto, pensaba con quién podría ir a tomarse unos tragos esa noche y buscar unas pocas aventuras. La cosa no pintaba bien porque era la época del gobierno militar y, una vez más, pusieron el toque de queda para la una de la mañana. Todos sabían que era debido a las protestas por el alza de pasajes, que había causado ya varios muertos.

Carajo, parecía que los cachacos no sabían de qué otra manera impartir el orden. Cada vez que se daba una protesta, una manifestación o una marcha por las calles, decretaban el toque de queda, con orden de disparar a cualquiera que se atreviera a salir después de la hora.

Álvaro, a quien le importaba un comino el alza de pasajes o la huelga de maestros, expresaba en forma muy personal su rechazo y desprecio a la dictadura. En primer lugar, como personaje habituado a la noche, el toque de queda le afectaba directamente.

Pero esta no era la razón principal de su silenciosa y solitaria protesta. Aborrecía profundamente todo aquello que limitara su libre albedrío. Cualquier imposición, incluso a cosas que ni soñaría hacer, le causaba una reacción inmediata de rebeldía y odio a la autoridad responsable. Con él, bastaba que alguien le dijera que no podía hacer algo para que se le grabara como idea fija la firme determinación de hacerlo.

Un día un amigo le recomendó que no cruzara la calle en medio de la cuadra, pues a él lo habían atropellado por hacerlo. Desde ese día, Álvaro tomó como consigna cruzar la calle de esa manera. A ver si alguien se atrevía a atropellarlo.

Después de la habitual evacuación matutina, siempre con un cigarro, buena lectura y la consiguiente ducha, se sentía de mejor ánimo. Como siempre, estaba tarde y reafirmándose en su absurda rebeldía, tomaba el aseo y arreglo personal con una calma exasperante. Internamente sentía el placer del desafío, ese "a ver que hacen cuando se den cuenta de que vuelvo a llegar tarde, carajo".

Caminando las escasas cuatro cuadras para llegar al colectivo de la avenida Arequipa que lo dejaría casi en la puerta de la oficina, seguía pensando qué haría esa noche. Aunque lo hizo más de una vez, no quería tomarse unos tragos solo. Él necesitaba salir con alguien que no pensara en el trabajo al día siguiente, ni en el toque de queda y menos en el qué van a decir en mi casa.

Era difícil, pues casi nadie era tan desconectado del resto de sus semejantes como él. No tenía que preocuparse por nada ni por nadie, y mucho menos darle explicaciones a nadie. Era totalmente libre. Y totalmente solitario, le recordó su conciencia con amargura.

Siempre esperaba un colectivo que tuviera asientos disponibles adelante y al lado de la ventana. A no ser que fuera urgente, nunca subía si veía que tendría que sentarse en las filas de atrás.

Inventó un juego para mantener sus alborotados y locos pensamientos a raya. Este consistía en contar el número de mujeres atractivas en el camino al trabajo. Las reglas para participar eran muy simples: no ponía límite de edad, raza o vestimenta; para él bastaba con que fueran atractivas de alguna manera, sea su sonrisa, sus ojos, su cara, sus piernas, o cualquier otra parte; así sentía que mantenía una gran amplitud de criterio. El objetivo diario era llegar a catorce. El trece era su número de mala suerte. A veces llegaba a contar cuarenta o cincuenta y otras no llegaba ni a cinco. Los resultados variados eran inexplicables, lo cual hacía que creyera cada vez más en las cábalas y augurios paranormales.

Muchas mujeres eran sinónimo de un buen día. Pocas, con seguridad harían un día de mierda. Ese día fue regularon nomás, pero superó las trece mujeres, con lo cual sintió que las cosas no iban a ir tan mal. Nunca se dio cuenta de que los números subían y bajaban de acuerdo con su estado de ánimo.

Al entrar a la oficina con casi una hora de atraso, encontró que todo estaba fuera de control. Su único asistente, Toribio, que era en realidad un conserje con más luces de las habituales, estaba contestando llamada tras llamada. Parecía que los procesos nocturnos de contabilidad, ventas, facturación, y otros que corrían en las grandes computadoras habían cancelado todos y los usuarios no podían trabajar al no tener información disponible. Acostumbrado a vivir en crisis, Álvaro no se inmutó y empezó a lidiar con el monstruo diario de a pocos.

Su compañero de trabajo, Pepe Lucho, llegaba incluso más tarde que él. Pero había una sutil diferencia. Mientras Pepe Lucho llegaría siempre un poco antes del mediodía y siempre se iría un poco antes de la medianoche, Álvaro podía llegar a la madrugada, a media mañana, al mediodía o no ir del todo, y dejar la oficina también a cualquier hora o varios días después...

En cuanto al trabajo, Pepe Lucho era casi un genio y no parecía haber problema técnico alguno que no pudiera resolver, Álvaro era una mula de carga que podía soportar jornadas de sesenta y ochenta horas, casi sin dormir. Claro que después desaparecería dos o tres días sin que nadie supiera de su paradero.

Pepe Lucho llegó, como era de esperar, casi al mediodía cuando la situación se había estabilizado y Álvaro ya respiraba tranquilo. Como era de esperar, la lista de cumpleaños no estaba publicada. Felizmente hizo tanta mala sangre con anterioridad, que al darse cuenta solo sintió una especie de agria satisfacción por tener razón.

Empezó entonces a tantear si alguien estaba dispuesto a salir de farra ese jueves, con muy poco éxito. Casi al final del día, logró convencer a uno de sus amigos, Tato, para salir a tomar unas cervezas.

A diferencia de él, Tato era un tipo muy popular. Todos lo conocían y lo trataban amistosamente con el apodo que tenía desde niño. Simpático, entrador, muy buen conversador y con cierto atractivo físico que él explotaba al máximo.

Tato era un galán innato. A pesar de tener enamorada, parecía que sus genes lo obligaban a estar siempre a la caza de especímenes femeninos. Quién sabe si era algún atavismo que se podía remontar a millones de años atrás. El único problema para Álvaro era el riesgo de que a mitad de la noche Tato se fuera con alguna mujer a la que había conquistado. No sería la primera vez, ni tampoco la última, concluyó.

Después de todo, Tato era espléndido, generoso y alegre, así que pasaría unas horas de genuina diversión. Y estaba el toque de queda, lo cual haría difícil que la cacería se prolongara. Estaba decidido: la juerga sería con Tato.

Casi al finalizar el día, y comentando a donde irían, Coco, que tenía menos tiempo que Álvaro en la compañía, preguntó si podía ir con ellos. Parecía un poco extraño porque él era más bien tranquilo y tomaba poco, de acuerdo con los estándares de Tato y Álvaro. Era una persona de buen llevar, andar cansino y un tono casi infantil en su conversación. Quizás más que infantil, elemental y básico en sus temas y conceptos. Pero aceptaron, por supuesto. Nunca se le niega a alguien el derecho de salir con gente de la oficina a relajarse un poco. ¡Faltaría más!

Se dirigieron al Rey Chico, bar cercano, para calentar motores. Era ideal para ello, pues la cerveza era barata y quedaba a pocas cuadras del trabajo. Álvaro se proponía ir a alguna peña criolla, pero era aún temprano y el Rey Chico era perfecto para empezar. Poco a poco, y como siempre, la conversación empezó a girar en torno a la oficina. Por supuesto, siempre había mucho de qué hablar y cada uno tenía la solución a los problemas diarios. Después de todo, se sentían muy inteligentes y capaces.

Y es que el proceso de selección de personal era muy exigente, lo cual garantizaba que los empleados tuvieran una inteligencia superior al promedio, pero en donde parecía fallar era en las personalidades. Desde personajes completamente antisociales hasta extrovertidos imposibles, desde sentidos del humor como plomazos hasta los irónicos más finos. Personajes muy sencillos algunos y otros infinitamente torturados. Hubiera sido un paraíso para cualquier psicoanalista. Quizás en eso se centraba el placer que sentía de trabajar ahí.

Álvaro sabía en su fuero interno que él no era como los demás. Había dejado de usar la palabra "normal" para catalogar a las personas, pero sentía que tenía algo diferente con respecto a otros seres humanos. Siempre estaba pensando que quisiera ser como aquel, o como el otro, o el de más allá, sabiendo que no estaba dispuesto a cambiar. Curiosa paradoja que jamás supo explicar ni aceptar.

Finalmente, a una hora razonable, pidieron la cuenta. Como siempre, especificaron recibo sin fecha, y que el mozo pusiera platos de comida en vez de cerveza. De esa manera podrían pasar la cuenta a la compañía, escogiendo algún día que se quedaran a trabajar hasta tarde, lo cual era usual. Pero pasaban los minutos y la cuenta no llegaba. Álvaro se levantó a ver qué sucedía y encontró al mozo todavía haciendo cálculos para cuadrar los precios de los platos contra el número de cervezas consumidas. Había llegado casi al final y orgullosamente le presentó la factura.

Lo primero que pudo leer fue "Doce Empanadas", seguido de "Siete Porciones de Papas", y así por el estilo. No supo si reírse o gritarle por bruto. Le explicó al pobre hombre que era físicamente imposible que tres personas comieran tan abundante y monótono menú, pero se dio cuenta de que sus palabras no llegaban a trasmitir el mensaje. El mozo estaba intelectualmente destruido. Tanto tiempo usando su aritmética de secundaria, y el máximo de su creatividad para que el cliente le dijera que estaba todo mal. Pensó en dejar ese trabajo y dedicarse a algo más simple.

Álvaro pagó y regresó a la mesa con muy buen humor. El ánimo ya estaba a punto y además tenía una buena anécdota para contar.

Y empezó la jornada. Recorrieron varias peñas criollas y terminaron en un nuevo local que habían abierto en Miraflores.

A pesar de que en todos los locales se presentaban cantantes y artistas de cierto prestigio, estaban casi vacíos. Era imposible pedir a los bohemios que empezaran su nocturno recorrido a las ocho de la noche. Pero el toque de queda había obligado a que aquellos encontraran alguna otra manera de pasar la noche. Álvaro se preguntaba cuáles serían. Sabía que existían ciertos clubs criollos en los que los parroquianos permanecían dentro hasta las cinco de la mañana, pero tenía que ser miembro para que le permitieran hacerlo, y aunque lo intentó en el pasado nunca lo logró. Fue socio fundador de Los Michis en Barranco, pero fue expulsado cuando en una terrible noche le metió la mano a la mujer de Alberto, el dueño, una morena algo entrada en carnes, pero exuberante y sensual. Lo peor es que nunca supo hasta dónde llegó esa aventura ya que las lagunas mentales solo le dejaron unas cuantas instantáneas en el recuerdo. Tuvo que confiar en las referencias de los amigos y los insultos de Alberto.

Al llegar al último local, solo había tres mesas ocupadas. Quedaban todavía dos horas de libertad, y Álvaro decidió que tenían que terminar la noche ahí. Basta de perder las pocas horas disponibles yendo de un local a otro. No tenían tiempo.

Coco logró mantener un ritmo de consumo alcohólico bastante aceptable, aunque Tato y Álvaro le llevaban la delantera, pero estaban pasando un buen rato. Álvaro se alegró de que no hubieran tenido ningún incidente y que Tato no se fuera a ninguna mesa con mujeres, porque, por suerte, no las había. ¡Qué bien se sentía con Tato! En poco tiempo desarrollaron una estupenda relación, abrigada por la secreta admiración que Álvaro sentía por él. Cada vez que salían juntos, se percataba de esta química que hacía que los atendieran mejor, que las conversaciones fluyeran agradablemente y que ambos sintieran esa mutua confianza que otorga la buena amistad.

De repente, el presentador anunció que entre el "honorable público", se encontraba una dama que era poetisa y que deseaba regalarles una poesía de "su inspiración". Los mozos, entrenados para estos casos, y los escasos comensales aplaudieron y subió al escenario una mujer de aproximadamente cincuenta años, aunque muy guapa y ciertamente con un cuerpo muy sensual. Álvaro pensó que el aspecto se debía más a los ceñidos *jeans* y a una blusa de seda muy ajustada, pero admitió que la señora estaba de muy buen ver.

Al empezar a hablar, la dichosa poetisa explicó que era una poesía que le había escrito a su hija que cumplía quince años. Inmediatamente, Álvaro se percató de que algo iba a ocurrir. No sabía por qué, ni qué sería, pero la premonición era clara. Empezó a mirar alrededor y lo primero que vio fue al marido de la mujer, sentado frente a ella y con un vaso de *whisky* en la mano. No le costó mucho trabajo deducir que el tipo bebía en exceso. De rostro colorado y la nariz en un matiz más vivo del mismo color, la cara hinchada, el sobrepeso y los ojos salidos e inyectados, asemejaba un sapo despellejado. Su aspecto era repelente y despreciable.

Coco parecía disfrutar del poema y Tato había adoptado la actitud de cazador frente a su presa, lo cual intranquilizó un poco a Álvaro, pero concluyó que aunque la mujer era atractiva, sin duda Tato no se animaría pues estaba con su marido.

Para cuando terminó el poema, estaba seguro de que dos personas no entendieron una sola palabra: Tato y él. Mientras trataba de buscar un tema de conversación desesperadamente, Tato sacó su lapicero y estaba juntando unas servilletas. Con un escalofrió observó cómo Tato se acercaba a la mesa de la pareja, a conversar con ellos, con ese estilo tan amigable y entrador que tenía.

En ese momento le dijo a Coco:

—Ya nos jodimos. Vamos a tener que buscar un taxi ahora mismo.

—¿Pero por qué? No me digas que Tato nos va a dejar botados. ¡Pero si somos sus patas!

—Mira Coco, no hay tiempo para explicarte, pero créeme. No sé cómo, pero nos vamos a quedar botados en pleno toque de queda. Y tú sabes que los soldaditos disparan primero y después preguntan.

—No, te equivocas. Vas a ver que ahorita regresa y todos tranquilos.

No había terminado la frase cuando Tato les hizo señas para acercarse a la mesa. Para sus adentros, Álvaro decidió obedecer. ¡Tato tenía tanto que enseñar!

Antes de haber llegado, Tato ya tenía acomodadas sillas para ambos y ni bien se sentaron les presentó a la peculiar pareja:

—Muchachos, les presento a esta simpática parejita, Laurita y Ramiro. Han tenido la amabilidad de invitarnos a su mesa mientras yo copio el hermosísimo poema de Laurita. Es tan bello, que le he pedido permiso para compartirlo cuando mi hija cumpla quince años.

Álvaro no podía creer lo que estaba escuchando. ¡La parejita casi les doblaba la edad y este huevón ni siquiera tenía hijos! ¿Cómo podía no solo fingir, sino imaginar una situación en la que le recitaría a su no nacida hija un poema obtenido hace más de quince años?

Resignado a su suerte, llenó su vaso de cerveza, mientras Tato seguía escribiendo el poema, sentado peligrosamente cerca de Laurita y Coco sosteniendo una animada conversación con Ramiro. La disyuntiva que se le presentaba era alarmante pues no sabía qué podía ser peor, si los avances de Tato o la repentina e ingenua amistad de Coco con Ramiro. Habían empezado a hablar de autos y motores y entusiastamente compartían inútil información sobre cilindradas y caballajes, que lo marginaron por completo de la conversación, pues eran temas que desconocía casi en absoluto. El uso de términos como torque, octanaje, alternador y otros terminaron de convencerlo de que estaba frente a dos expertos mecánicos y que, en su condición de lego total, poco podría aportar a tan técnica y árida conversación.

Se limitó a observar pensando en cuál sería la mejor manera de llegar a su cuarto. Quedaban escasos cuarenta y cinco minutos y la peña ya estaba cerrando. Decidió cortar por lo sano y despedirse antes de que fuera demasiado tarde.

—Bueno, mañana hay que trabajar. Además, está el toque de queda. Me despido.

—No, Alvarito, ¿cómo te vas a ir? —Tato replicó—. Todavía es temprano. Yo te llevo, no te preocupes.

—No, hermano, gracias. Yo consigo un taxi sin problemas. Te vas a complicar si me llevas.

La mirada de Coco era de gran desilusión. Parecía aferrarse a su nueva amistad con Ramiro como si hubiera encontrado un alma gemela. Álvaro se estremeció pensando que habían salido de farra con un individuo con la edad mental de un adolescente. Eso jamás era bueno y siempre impredecible.

Pero Ramiro, que parecía estar pasándolo muy bien a pesar de que las intenciones de Tato eran cada vez más obvias, y probablemente conmovido por la tristeza de Coco, dijo:

—No se preocupen. Vamos a mi casa. Ahí tengo unas botellas de vodka y podemos quedarnos hasta las cinco de la mañana. Total, esta tertulia es tan agradable que no vale la pena interrumpirla.

Con los ojos vidriosos y visiblemente emocionado, Coco aceptó de inmediato, secundado entusiastamente por la nueva parejita de tórtolos.

Y así, se prepararon todos para ir a la casa de Laurita y Ramiro.

Al salir, Laurita dijo:

—Ramiro, yo mejor me voy con Tato y tú con ellos dos, no vaya a ser que se pierdan. Tú sabes que es un poco complicado el camino a la casa.

Con la suerte echada, Coco y Álvaro se dirigieron al carro de Ramiro, un vetusto Hillman de unos veinte años de antigüedad. Coco se acomodó confortablemente en el asiento de adelante con una alegría que contrastaba con el sombrío talante de Álvaro, silenciosa y oscuramente sentado en el asiento de atrás.

Al encender el auto, un sonido extraño salió del motor. Ramiro simplemente dijo:

—Otra vez la batería de mierda. —Y se quedó en silencio.

El inefable Coco se puso nervioso y pronunció la frase de la noche:

—Y ahora, ¿qué hacemos?

A su lado, Einstein replicó:

—No se preocupen. Ya me ha pasado antes. Vamos a esperar un poquito.

Álvaro sentía que la situación era muy peculiar, por decir lo menos, y le daba muy mala espina. no podía creer que en poco más de una hora, hubiera pasado de divertirse sanamente con sus amigos a estar recluido en el asiento trasero de una reliquia histórica rodante acompañado de Einstein y Newton, par de genios que se la pasaron hablando de mecánica y supermotores y no sabían qué hacer cuando un auto no arrancaba, con el agravante de que ya no había un alma en la calle y en diez minutos saldrían las rondas militares a patrullar la ciudad.

Y, además, ¡la mujer de Einstein se había marchado con Tato en un auto que sí funcionaba!

Ramiro parecía más hinchado y con venas más gruesas en la cara y Coco empezaba a mostrar signos de histeria.

—¡Haz algo Ramiro! ¡No nos podemos quedar acá sentados!

—¿Qué quieres que haga? Si el carro no arranca, no arranca, pues.

—¡Pero vamos a estar a merced de la tropa! ¿Por qué no sales y buscas a un oficial y le explicas la situación? Esto le puede pasar a cualquiera.

—No seas graciosito Coco, ¿por qué no sales tú, a ver?

—Es que tú eres más viejo, a ti te van a hacer caso. A mí no.

Era patético ver a estas dos enciclopedias vivientes de mecánica automotriz discutir opciones sin ni siquiera pensar en abrir el capó del auto o insinuar alguna teoría técnica de solución. Álvaro agradeció a Dios no tener un revólver pues los hubiera acribillado a los dos.

Solamente dijo:

—Por favor, cállense la boca. Si tenemos que pasar la noche acá, les sugiero que se acomoden bien y traten de dormir dentro del auto. Con suerte no nos verán, y si nos ven, no nos dispararán, pues se darán cuenta de la situación. —Mirando con disgusto a Coco, añadió—: Tú que pareces saber tanto de mecánica, ¿por qué no le das una mirada al motor?

—No hermano, yo soy mecánico de taller y mandil blanco. Necesitaría mi instrumental y por lo menos un auxiliar.

—¿Y tú, Ramiro?

—Yo sufro de artritis. No puedo ayudar en estas circunstancias.

Ese fue el momento en que Álvaro concluyó que jamás serían amigos y que al día siguiente empezaría a evitar a este cretino por todos los medios posibles.

Tras un pesadísimo silencio, Ramiro intentó prender el auto nuevamente, y para sorpresa de todos, el motor encendió. Tosió un poco, escupió un poquito más y por fin tembló consistentemente, arrancando un concierto de piezas mal ajustadas en la carrocería.

Inmediatamente, empezaron a recorrer el camino a la casa de Ramiro, mientras Coco decía:

—Ya sabía que San Martincito no me iba a fallar. ¡Mi negro lindo!

A lo cual, ya con el talante cambiado, Ramiro respondió:

—No hermano, ¡si yo conozco a mi carro! A veces se planta así, pero al final, es respondón, como su dueño.

Y volvieron a ser los grandes amigos de toda la vida que se habían conocido menos de dos horas atrás.

Llegar a la casa tomó menos de diez minutos y Álvaro se sorprendió que no fuera lo intrincado que mencionó Laurita. Pensó que esas cosas podían ser complicadas para las mujeres, así que no le dio mayor importancia.

Cuando estaban estacionando el auto, Álvaro no pudo encontrar el de Tato. Se suponía que ya tenían que haber llegado, pero no se veía a nadie en la puerta de la casa, y las luces estaban apagadas.

Ramiro dijo:

—No deben tardar. Seguro que han ido a comprar cigarros.

—No sé, Ramiro, no sé... Me parece que ya deberían estar aquí. Nos hemos demorado como quince minutos. Tiempo suficiente para que compren y regresen. Me pone nervioso estar afuera a esta hora. —Sin duda, Coco no podía ser acertado ni sutil en sus comentarios.

—Ahorita llegan, no te preocupes.

Sin embargo, Álvaro se preocupó. Mucho. Estaba seguro de que la peor de sus sospechas era cierta. Solo trataba de imaginar dónde podrían estar Laurita y Tato reconfortándose mutuamente. Permaneció en silencio, pensando febrilmente en qué salida tendría esta malhadada celebración de cumpleaños.

Una vez más, maldijo su mala suerte y le vino a la mente su lamento favorito: *¡Solo a mí me pasan estas cosas, carajo! ¿Por qué?, ¿por qué? ¡Si solo quería pasar un rato agradable!* No sintió que hubiera forzado la situación, sino que, por el contrario, trató de evitarla, pero su karma, su sino, su nube negra no podía abandonarlo ni siquiera en un día como ese.

Después de un lapso razonable, mientras Ramiro miraba el reloj compulsivamente, Coco murmuró:

—Ramiro, esto ya está un poco raro. ¿No les habrá pasado algo? Digo, un accidente, que los hayan detenido, o algo así...

—Sí, es lo que estoy pensando. Porque Laurita no es así.

—Así, ¿cómo? —Coco no daba una.

—Bueno, me refiero a que a lo mejor su amigo no la ha querido traer a casa y está tratando de seducirla, o peor aún, de violarla.

—¡Ah, no! ¡Me ofendes Ramiro! ¿Cómo puedes creer que un amigo nuestro haría esas cosas? ¡Haz de saber que Tato es una persona muy decente, incapaz de algo así!

—No te alteres, hermano. No he tratado de ofenderte ni mucho menos. Estamos tratando de analizar todas las opciones, y esa es una de ellas.

—Bueno, pero es descabellada. No puedes dudar así de un amigo como Tato, ¡un caballero a carta cabal!

Álvaro no podía entender cómo se encontraba envuelto en esa situación. Un marido cornudo, consciente de serlo, un compañero de trabajo, inconsciente de su candidez, una mujer conocedora de su encanto y un amigo ignorante de su mayor debilidad. Y le reventaba que lo incluyeran en la conversación. ¡No quería formar parte de este entuerto! Pero ahí estaba. Silencioso espectador desde la cazuela.

Este no era su mundo. Él fue acólito de chico, el primero de su clase, sobresaliente en conducta y le encantaba la lectura y la vida contemplativa. ¿Qué pasó? ¿Por qué se sentía como un espectador aislado de una escena absurda en la que no tenía lugar ni cometido?

Después recordó la atracción irresistible a la vida bohemia, la música, la jarana y tantas cosas propias de la noche. Ni qué decir de sus apetitos desmedidos en lo que se le presentara delante. Concluyó que su combinación de genes era muy contradictoria y explosiva. Como si hubieran mezclado a partes iguales al doctor Jekyll y al señor Hyde.

Se preguntó qué habría sido de él si hubiera escogido el sacerdocio, como lo pensó más de una vez. Al revisar todas sus inclinaciones mundanas, reformuló su pregunta mentalmente: *¿Qué habría sido de los demás si hubiera llegado a serlo?*

El tiempo seguía pasando. Los silencios se hacían cada vez más largos y los diálogos cada vez más cortos. Decidió mantenerse callado. Sabía que cualquier frase que dijera avivaría las brasas innecesariamente.

Atrás habían quedado las especulaciones sobre las razones del retraso. Por dentro todos estaban convencidos que lo que nadie quería decir era exactamente lo que estaba pasando.

Pero Coco parecía tener la necesidad imperiosa de dar explicaciones a una situación que en ese momento ya no requería de ninguna.

—Ramiro, tengo que pedirte disculpas...

—¿Por qué? ¿Qué pasa, Coco? —contestó Ramiro, mostrándose preocupado.

—Es que me da mucha vergüenza lo que está pasando. Que esto ocurra con uno de nuestros amigos, justo cuando nos acabamos de conocer.

—Coco, por favor, cállate la boca, y no te refieras a "nuestros amigos". Ese señor es un conocido mío. Nada más. —Álvaro trataba de salvar distancias desesperadamente.

—¡Dios mío, qué avergonzado que estoy! ¡No sé qué decir!

—Entonces no digas nada. ¡La estás cagando, Coco!

—No te preocupes, Coco, no es tu problema. Yo comprendo tu situación y no es tu culpa.

—Gracias Ramiro. ¡Espero que esto no afecte nuestra reciente amistad, la cual me honra!

—Tú tranquilo, Coco. Contigo no pasa nada.

Si hubiera podido, Álvaro los hubiera cacheteado a los dos. A estas alturas, cualquier cosa podía pasar. Esperanzado de que Ramiro no tuviera un arma, calculaba que la mejor opción sería que Tato, al aparecer con Laurita, terminara con un ojo morado o la nariz rota; pero cualquier alternativa definitivamente implicaba que esa noche no se podría tomar un trago más y de manera egoísta pensó que era eso lo que más le molestaba.

Con la vena de la frente más gruesa que nunca, Ramiro murmuró en un tono grave:

—Comprenderán que cuando su amigo llegue, le voy a tener que sacar la mierda, ¿no?

—Insisto Ramiro, ese señor no es mi amigo. Es amigo de Coco. Yo trabajo con él nada más.

Álvaro se sintió aliviado, pues la frase implicaba que no le iba a disparar un tiro o algo así.

—Bueno, me corrijo ¡le voy a sacar la mierda a Tato cuando llegue!

—¡Mátalo si quieres! A mí me importa un carajo.

—¡Álvaro, por Dios! ¿Cómo puedes decir esas cosas? Mira Ramiro, no pierdas la calma. Yo me siento responsable de lo que ha pasado y si es preciso que te la tomes con alguien para desahogarte, me ofrezco como el chivo expiatorio. Bajémonos del carro y pégame todas las trompadas que quieras, hasta que te sientas mejor. Yo creo que eso me va a hacer mucho bien a mí también, porque este sentimiento de culpabilidad me va a acompañar por el resto de mi vida. ¡Qué avergonzado me siento!

—Coco tiene razón, Ramiro. Bájense del auto y pégale de alma. Así se van a sentir mejor los dos.

El perverso de Álvaro pensaba en ese momento que después de todo, Dios existía. Disfrutaría muchísimo de la paliza a Coco y hasta pensó en poner su granito de arena. Lo pensó mejor y se imaginó que el final más feliz sería con Coco y Tato llenos de moretones, chichones y ojos hinchados. Y él observando desde el palco, limpio y con una botellita de vodka.

El silencio regresó al automóvil. Desilusionado, vio que Ramiro no le pegaría a Coco. Era ya evidente que el desenlace afectaría la dignidad y la imagen de todos los involucrados. No habría una salida en la que no emergieran insultos, odios, prejuicios y humillaciones mutuas. Además de las probables lesiones físicas.

Quién sabe si Ramiro y Coco podrían conservar esa tierna y desinteresada amistad que parecía más el inicio de un romance que cualquier otra cosa. *No sería la primera vez sin duda*, pensó Álvaro. Y se resignó a esperar. No movería un dedo, no diría una palabra más y haría el más discreto mutis posible una vez que el entuerto hubiera concluido.

Unos minutos después, dos cuadras adelante de donde estaban estacionados, vieron prenderse las luces traseras de un automóvil, que lentamente empezó a retroceder hacia donde se encontraban. Todos reconocieron el auto de Tato, que se detuvo exactamente al lado del de Ramiro, de tal manera que todos los protagonistas estuvieron a la misma altura y Álvaro pudo apreciar a los cuatro desde su asiento en la parte de atrás.

Laurita parecía soñolienta, pero con una sutil sonrisa y un delator brillo en los ojos, mientras que Tato, con el pelo ligeramente alborotado, cual chiquillo travieso, mostraba una ingenuidad y un candor casi auténticos. Coco sollozaba sonoramente, con la cara entre las manos y respiraba un aire de vergüenza pegajoso. Ramiro, de color encarnado, los ojos desorbitados y las venas del cuello y la frente hinchadas y gruesas como gusanos de carne molida sobre la piel, parecía a punto de explotar.

—¡Se quedó dormida antes de llegar y se acaba de despertar! —Tal fue la frase mágica de Tato. El tono de su voz, la expresión de la cara, todo el lenguaje corporal impelía a creerle, o, en todo caso, a perdonarle. Álvaro volvió a pensar cuánto le faltaba aprender de su compañero—. Yo no sabía dónde quedaba la casa. ¡Mil disculpas, no vayan a pensar mal, por favor!

Álvaro ya había bajado del auto cuando Ramiro se acercó al de Tato, abrió la puerta lateral, sacó a Laurita bruscamente, y sin decir una palabra, se metieron a la casa. Una vez más, Tato salió de un lío indemne y bien librado.

Álvaro y Coco subieron al auto de Tato silenciosamente. Sin mayores incidentes llegaron a su departamento. Ni un soldado, ni un policía, nadie en la calle.

Al quedarse solos en casa, y ya en el dormitorio, Ramiro le dijo a Laurita:

—La próxima vez que solo sean dos. No me pude deshacer de ellos porque el de atrás nunca se quiso bajar del auto. ¡Y encima el de adelante resultó ser un verdadero pelmazo!

—¿Qué me dices Ramiro? ¡Si se les veía que congeniaban tanto!

—Resultó ser un imbécil lleno de escrúpulos y prejuicios. ¡Tarado de marca mayor!

—Ay, Ramiro, ¡cómo te quiero! Lo que tienes que pasar para tenerme contenta. ¡Tú sí que eres un hombre que sabe cómo querer a su mujer! ¡Gracias, mi vida!

Con una sonrisa amarga, Ramiro aceptó en silencio vergonzante el piropo de su mujer. Pensó que no había mayor castigo en el mundo entero que la impotencia.

Al día siguiente, Tato y Álvaro bromearon sobre el acontecimiento, pero no enfrente de Coco. Álvaro no le volvió a hablar y al poco tiempo se fue de la empresa. Curiosamente, fue despedido, no por incapaz, sino por deshonesto. Álvaro se imaginó que, aunque le hubiera dado mucha vergüenza, no fue suficiente para hacer lo correcto. Jamás supo de él después de eso.

Mi tío Perico y la rubia Mireya

La mayoría de mis recuerdos familiares de infancia vienen por el lado de mi madre, pues mi hermano y yo vivíamos rodeados de tíos y tías que eran hermanos de ella. La familia de mi padre estaba en España y Estados Unidos, así que sabíamos de ellos por cartas o historias que nos contaba mi padre.

Eso cambió cuando nuestros abuelos vinieron de España a hacerse cargo de nosotros y aunque aguantaron heroica y estoicamente la bestialidad de sus nietos, después de un año tuvieron que tirar la esponja.

Pero aparte de hermosos recuerdos, nos sirvió para acercarnos mucho a la familia de nuestro padre. Si los de la Rosa Toro eran personajes únicos y geniales, los Salmerón eran dramáticos, obsesivos y espectaculares.

En común tenían esa disposición de disfrutar de la buena vida, comer bien, beber mejor… y lo dejaremos ahí.

Hace unos días fue el cumpleaños de mi tío Perico, hermano menor de mi padre y un Salmerón con todas sus letras. Lo recuerdo desde la infancia, pero mis momentos de gloria con él son más cercanos a mi juventud y adultez.

Perico vivía en los Estados Unidos, y bastante bien, por cierto. Puso negocios de exportación de repuestos para avionetas, traducciones, y otros más, aparte de trabajar para la ciudad.

También logró comprar varias propiedades que le producían una renta interesante. Además, alojaba en su casa a los pilotos latinoamericanos que iban a entrenarse con Cessna, Beechcraft y otros fabricantes, que tenían su sede central en la ciudad donde vivía.

Las borracheras en su casa eran legendarias y se hizo muy popular en la aviación civil latinoamericana. Ocioso es decir que las pugnas por alojarse en su casa eran grandes. Se casó muy joven en Arequipa con una mujer guapísima, mi tía Lucha.

La pobre lo pudo aguantar por más de un año, sufrida y meritoriamente. Y es que el tío Perico desde joven se apasionó por la buena vida y las noches de bohemia. Lo interesante del caso es que no tocaba ningún instrumento, no sabía muchos chistes ni anécdotas curiosas, ni era un intelectual de pensamientos profundos y oscuros. No. Perico era absolutamente normal en ese sentido. Se llevaba de lo más bien con todo el mundo y todo el mundo lo invitaba a la próxima jarana sin dudarlo. Yo diría que lo más resaltante en su personalidad era su galantería con las mujeres y la lealtad a sus amigos.

Era alto, fornido y, en la década del cincuenta, con su bigote fino y delgado, tenía un aspecto de galán de cine mexicano, más cerca a Jorge Negrete que a Pedro Infante. Era meticuloso hasta la exasperación y siempre andaba impecable. Era realmente un don Juan latino.

Después de su primer divorcio, y ya en los Estados Unidos, se volvió a casar con otra chica peruana. Mi tía Elena. Ella lo aguantó un poco más, como cuatro años, me parece. Se volvió a divorciar y pasarían veinticinco años antes que se volviera a casar, con otra peruana, Mónica, a quien le doblaba la edad.

Ya no le podía decir tía, pues era bastante más joven que yo. Creo que la flamante suegra era menor que Perico. Durante esos veinticinco años, viajaba con frecuencia a Perú, y en varias ocasiones se trajo una gringa de acompañante. Invariablemente eran rubias y lo que se diría "bien despachadas".

Nunca supe si las traía para alardear o porque era su pareja de turno. Creo que era un poco de ambos, pero lo importante es que estaban buenísimas. Esta historia trata acerca de una de ellas, Kathy.

Ahora, parafraseando a otro tío mío, el tío Miguel: "Que yo no la quiero para que me dé una conferencia", daría una breve idea de su capacidad intelectual.

Kathy era una mujer americana nacida en el medio oeste y que nunca había salido de su estado natal, Kansas, en sus treinta y tantos años de vida. Guapa, de un metro ochenta más o menos, con un cuerpo escultural, ojos azules, sumamente blanca y con el pelo rubio casi platinado, no sé si natural o autoimpuesto, pero la impresión general era que llamaba muy poderosamente la atención, no solo de los hombres, sino también de las mujeres. En esa época la silicona no existía, así que sus generosos atributos físicos eran completamente naturales. Lo único que la traicionaba era cierta mirada somnolienta que echaba de cuando en cuando.

A mí aquello me decía que no era muy rápida mentalmente. El poco tiempo que la conocí me dejó la imagen de una mujer buena, religiosa y muy conservadora. Más que sencilla, era simple en su manera de pensar y solo conocía, metafóricamente hablando, dos colores: blanco o negro. No había grises en absoluto.

Yo, que suelo vivir con más de cuatrocientas tonalidades entre ambos colores, me maravillaba que alguien pudiera clasificar la vida con solo dos opciones. No debe ser fácil, me imagino. En resumen, se veía que era una buena persona atrapada en un cuerpo hecho para pecar. No sé qué estaría pensando mi tío cuando la trajo.

En primer lugar, hace cuarenta años, Estados Unidos era muy diferente al de hoy, y Kansas es aún uno de los estados más conservadores de la Unión, aunque conociendo a mi tío, sin duda esperaba pasar un buen rato con la gringa en más de un sentido.

Al principio, Kathy estaba encantada. Todo le parecía maravilloso y tantas cosas y costumbres nuevas la tenían muy animada. Obviamente, la primera impresión había sido buena, aunque al final terminaría convirtiéndose en una pesadilla para la pobre. Pero no quiero adelantarme a los acontecimientos.

Al segundo día de su llegada, mi tío Perico la llevó al centro de Lima. Yo era su chofer y el único en la familia que hablaba un poco de inglés, así que mi presencia era obligada. Es preciso aclarar que antes de emigrar a los Estados Unidos, Perico vivió unos años muy malos en el Perú. Con los negocios de la familia quebrados, debió encontrar trabajo, y no le fue fácil.

Trabajó con mi padre en la construcción de carreteras en la sierra de La Libertad, pero no duró mucho tiempo. Aunque era, como casi toda mi familia paterna, un trabajador compulsivo y pertinaz, mi padre era muy exigente, y con él más que con nadie, al punto que llegó un momento en que la cosa explotó, y se regresó a Lima.

Tuvo varios trabajos, todos malos y con sueldo de pacotilla, pero se mantuvo por sí mismo, sufriendo hambre y frío literalmente. Consiguió varias pensiones y en algunos casos un cuarto con baño común, en algunas casonas del centro de Lima que empezaban su largo y desgastante proceso de tugurización. Según me contaba, se daba por satisfecho si podía comer una vez al día cinco veces por semana.

Muchos domingos fue a la casa de mi abuela materna, donde vivíamos nosotros, a comer. La mamamita, mujer de mucho carácter, no lo podía ver. Lo trataba mal, pero mi madre se aseguraba de que ese día comiera bien y mucho. Yo recuerdo una ocasión en que lo vi repetir tres veces. Fueron años muy, muy duros y que lo marcaron de por vida. Cuando finalmente salió del Perú a cumplir sus expectativas del sueño americano, tampoco le fue fácil.

Su hermano Juan Manuel, mi tío, más conocido como Mané, era un médico recién iniciando su carrera y su matrimonio, y el dinero escaseaba. Su conocimiento de inglés era referencial, es decir, todo lo que sabía es que era un idioma extranjero. El primer trabajo que tuvo se lo consiguió Mané y no fue muy agradable.

El trabajo de Perico era limpiar y vestir a los pacientes que fallecían en el hospital donde trabajaba el tío Mané. Incluso aprendió a maquillarlos un poco, y aunque él no les daba el "acabado" final, los dejaba en condiciones que no fueran muy dolorosas para los deudos. Me ha tocado más de una vez ver cadáveres con algunas horas después de la muerte, y el *rigor mortis* es francamente desagradable y deformante.

Poca gente muere con una expresión beatífica como la que uno ve en los velorios. Perico odiaba este trabajo, como era de esperar, pero pagaba sus cuentas mientras estudiaba inglés y trataba de adaptarse a su nueva realidad. Poco a poco su situación mejoró y finalmente prosperó considerablemente. Los motivadores que nos impulsan a hacer cambios radicales en nuestras vidas son a veces absurdos e inesperados.

El incidente que le cambió la vida no solo tenía estas características, sino que además fue muy desagradable. Llegó Perico un día a trabajar y le entregaron la lista de fallecidos que tenía que preparar. Su lugar de trabajo era una habitación al lado de la morgue del hospital. En ella se hacía la limpieza, el arreglo y se colocaba la vestimenta del occiso traída previamente por la familia. Una vez terminado, era trasladado al ataúd que iría a la funeraria para el velatorio. Todo este trabajo podía hacerlo una sola persona, con la excepción del traslado al ataúd, que había que hacerlo entre dos. Mi tío trabajaba con un moreno, alto, fornido y muy bruto para los idiomas, incluso el inglés. Pero era una buena persona y se ayudaban mutuamente cuando tenían que trasladar el cuerpo.

Ese día, el moreno no fue a trabajar, y mi tío me contaba que cuando llegó, su supervisor, aparentemente en perfecto y muy lento inglés, le habló como por cinco minutos sin que, por supuesto, Perico entendiera una sola palabra. Y me repetía: "¡Ni una!". Yo le repliqué que, si le había dicho "OK", como es usual cuando a uno le dan instrucciones, era una palabra que incluso él hubiera comprendido en esas circunstancias. Me contestó:

—¡Claro que entendía OK! Cada vez que decía OK, yo asentía con la cabeza. Pero esa no es una palabra.

Se fue a su lugar de trabajo con la lista de muertitos, confiando que el moreno, con quien había desarrollado un lenguaje de señas, se daría maña para explicarle qué quería el supervisor.

Pero como el moreno no fue a trabajar ese día, Perico asumió que eso era lo que le había querido decir el jefe. Pensó para sí que tendría que trabajar solo, lo cual no representaba ningún problema. Todo fue muy bien con el primer muerto hasta que llegó el momento de ponerlo en el ataúd.

Para colocarlo, el ataúd se coloca de manera vertical, con una ligera inclinación para que el cadáver no se caiga. La rigidez ayuda también a que permanezca firme y derecho.

Evidentemente, el supervisor también le había querido decir que avisara cuando llegara este momento para que otra persona lo ayudase. Mi tío siempre fue muy orgulloso y no iba a demostrar su limitadísimo uso del idioma pidiendo ayuda. Al verse en esa situación, decidió que él podía cargarlo solo. Lo pondría a sus espaldas y así lo llevaría hasta el ataúd, donde lo colocaría suavemente poniéndose de espaldas al ataúd y retrocediendo con lentitud.

Con todo ya previsto y planeado, se echó el cadáver al hombro y puso manos a la obra. No había dado dos pasos cuando sintió que por la espalda y las piernas le recorría un líquido frío y abundante. Le tomó unos pocos segundos comprender que el difunto lo estaba orinando.

Aparentemente había muerto con la vejiga llena y la presión causó que el esfínter se aflojara con la consiguiente meada póstuma. Su primera reacción no fue de asco, sino de terror, con lo que aventó al muertito a más de tres metros, mientas emitía un alarido espeluznante.

Salió corriendo despavorido de la habitación y no paró hasta estar fuera del hospital. Nunca más regresó y ni siquiera quiso cobrar su último cheque. Como me decía muchos años después, ese incidente cambió su vida.

Siempre recuerdo que Perico solía mirar mucho hacia el pasado, a sus tiempos malos y difíciles. Quizás para recordarle a dónde se puede llegar o de dónde se puede salir, según sea el caso.

Volviendo a Kathy, una de las razones por las que mi tío quería ir al centro, era para visitar los lugares donde vivió veinte años atrás. Aquello era algo que Mané definía como "peregrinaje masoquista" y no le faltaba razón. Lo entiendo y lo acepto perfectamente. Incluso me parece razonable. Pero llevar a la gringa al centro de Lima y recorrer con ellas esos lugares, me pareció una malísima idea desde el principio.

Ella causó revuelo al caminar por el jirón de La Unión, por razones que ya he mencionado. Llevaba puesto una especie de traje, que consistía en un pantalón y un saquito de la misma tela estampada con arabescos marrones y blancos, sobre una blusa blanca. Muy convencional en principio, una característica cambiaba toda la perspectiva: se veía literalmente como una segunda piel por lo ceñido, y por el color que a la distancia asemejaba el color de la piel humana.

Pudimos recorrer dos cuadras durante las cuales yo me coloqué detrás de ella para evitar a los "sapos" que se querían acercar a distancias peligrosas.

Yo siempre he leído que usualmente los hombres que hacen estas cosas en público dan unos pellizcones.

La versión más usual es del viejo verde pellizcando a la enfermera. Pero he comprobado que eso no es cierto, incluso cuando ocurre con el viejo verde. En todos los casos más bien he visto que abren completamente la mano y tratan de agarrar la mayor cantidad posible de la zona a donde dirigen la puntería. No es broma. Es cierto.

Debo confesar que por un momento me cruzó por la mente hacer lo mismo y echarle la culpa a alguno de los numerosos escoltas que teníamos. Pero yo soy un caballero, y, además, estaba sobrio.

Logramos llegar indemnes al jirón Puno, mientras la gringa estaba en la gloria. Se sentía una artista de cine. En un momento me dijo una frase muy descriptiva y muy de Kansas:

—¡Me siento como un diamante en el culo de una vaca!

Alegoría granjera muy apropiada para la situación.

Logramos llegar a la primera casona. La puerta principal estaba tapiada con tablones y se veía un anuncio de desahucio por encontrarse en peligro de derrumbe. Pero los inquilinos seguían adentro, y cuando Perico vio que giraban dos de las tablas que bloqueaban la puerta, no dudó en hacer lo mismo, no sin antes explicarle detalladamente la razón del desahucio a Kathy, quien veloz reaccionó negándose a subir.

Cuando vio que yo también entraba, y a los lobos unos dos metros de donde se encontraba, cambió de opinión y decidió venir conmigo. Era lenta, pero con las motivaciones adecuadas respondía rápido. La puerta daba directamente al segundo piso. Subimos con mucho cuidado, pero a la gente no parecía importarle mucho la fragilidad del inmueble.

Niñitos corriendo en el pasillo sin ropa ninguna, un cantante duchándose en el baño común, un grupo de viejos jugando "tayita"[8] en una esquina del corredor con las cervecitas y el ron, trozos enteros del balcón que rodeaba el pasillo interno se habían caído, y un olor denso, pesado, de aceite quemado, jabón de lavar hervido, lejía y humanidad sudorosa, le daban al lugar un aspecto casi surrealista.

Kathy empezó a asimilar lentamente en dónde se encontraba, el riesgo que corría, no solo con la ca-

---

[8] Juego de azar, muy popular en el Perú

sona a un paso de derrumbarse, sino por algunas miradas lujuriosas y agresivas que percibía. Frases de las que no entendía una palabra, pero con una clara intencionalidad, comprensible en cualquier idioma.

Ya no se sentía como el diamante dichoso, sino más bien como el chivito que atan para cazar a los tigres de Bengala. No pasó mucho tiempo sin que emitiera en un tono desesperado y suplicante un urgente pedido a Perico para que la sacara de ahí, a lo cual él sonrió y le dijo que no se preocupara, que todo estaba bajo control, algo que incluso él sabía que no era cierto, pero dejó pasar unos larguísimos diez minutos mostrándole la habitación que él ocupaba, en la que una señora cocinaba con un Primus en el suelo algún tipo de sopa, mientras unos chiquillos jugaban alrededor, en un ambiente hediondo que se le hizo intolerable a la gringa.

Cuando finalmente salimos, Kathy solo quería regresar a la casa, pero Perico la llevó a otro tugurio, al cual no entramos porque ella empezó a tener un ataque de histeria. Lo que él nunca le dijo es que cuando vivió en esas antiguas casonas, todo estaba mucho mejor conservado y limpio y la dejó con la certeza de que él había sufrido todas esas inclemencias.

En la casa, se encerró en el baño por casi tres horas. Cuando salió, parecía mucho más vieja y arrugada. Había estado en la tina por un largo rato, quizás tratando de sacarse el olor de la casona y del miedo que se le impregnó hasta en los huesos. No quiso salir esa noche ni a comer. Hubo que traerle hamburguesas del Tip-Top.

Al día siguiente, ya más tranquila, se sentía mejor, aunque la excitación que tenía cuando arribó a Lima ya no era la misma.

Parecía como el niño que aprendió a montar bicicleta pedaleando sin miedo hasta su primer accidente, en el cual se enfrenta a la realidad que lo golpea y le dice: "Si no andas con cuidado, te voy a golpear más fuerte la próxima vez". Se notaba que estaba a la defensiva, pero aún mantenía una actitud positiva.

Esa noche salimos, fuimos a una peña criolla y la pasamos todos muy bien. Recuerdo que era sábado y abandonamos la peña alrededor de la una de la mañana. Todos teníamos hambre, así que fuimos a un bar-restaurante que quedaba en Benavides, a media cuadra de Larco, que tenía mesitas afuera. Simpático el sitio, pero a esa hora, la mayoría de las mesas estaban ocupadas por parroquianos tomando cerveza o algún trago corto.

Kathy miraba plácidamente hacia las mesas y todo transcurría con normalidad, pero le llamaba la atención una mesa en especial, en la que uno de los congregados había enterrado el pico y estaba durmiendo con la cabeza sobre la mesa. Ninguno de los otros parecía prestarle atención, lo cual me parecía perfectamente normal. Total, a la hora de irse, lo cargarían y lo dejarían en calidad de bulto en su casa. Y si se ponía pesado, lo abandonarían ahí y que se joda. Al menos así lo hacíamos mis amigos y yo, aunque confieso que conmigo eran un poco más considerados, quizás porque yo me ponía pesado siempre. En fin, era una de esas reglas no escritas, parte del código de la juerga.

Pero ella insistía, que no podía ser, que había que llamar a la policía, o al administrador del local para que no les diera más trago a esos muchachos, y cosas por el estilo. Se puso pesada y yo me cansé de explicarle que era una cultura diferente, que los dejara en paz, que nos íbamos a meter en problemas... Nada. Kathy seguía con su cantaleta.

Felizmente al poco rato pidieron la cuenta y empezaron a levantarse para irse. Entre dos despertaron al dormilón, quien sacó las llaves del auto de su bolsillo y se dirigió a este, que estaba cuadrado a unos pocos metros. Era la época en que todavía podía uno cuadrarse en Benavides.

Yo por supuesto no dije nada, pero Kathy había estado pendiente hasta del menor detalle. Cuando vio que el dormilón se sentaba al volante y arrancaba el auto, empezó a gritar que hiciéramos algo, que se iban a matar todos, que cómo podíamos ser tan irresponsables de dejarlos ir. Yo, que no veía nada irregular en mi comportamiento ni en el de ellos, empezaba a perder la paciencia, y le dije a Perico:

—Por favor, encárgate de tu gringa o a los que van a meter presos es a nosotros.

Él me explicó que el hermano de Kathy se había matado en un accidente de tránsito unos meses atrás, por conducir ebrio, y que el tema la ponía hipersensible. Yo le dije que entendía perfectamente, pero eso no iba a cambiar el hecho de que nos metieran presos.

Decidimos entonces irnos a la casa para evitar mayores eventualidades. Ellos se estaban alojando en la Residencial San Felipe, así que tomé la avenida Arequipa, una vía relativamente tranquila en aquel entonces, y ella ya estaba más serena. Pero justo antes de entrar al *bypass*, como cincuenta metros delante nuestro, una camioneta se empotró sin frenar en el muro divisorio.

Fue como si lo estuviera viendo en cámara lenta. Impresionante. No escuché nada, porque los gritos de la gringa, que por lo visto no se perdía detalle de lo que pasaba a su alrededor, eran ensordecedores.

Sin la menor duda, seguí de frente. Ni siquiera sobreparé, y si tenía la intención de hacerlo, se desvaneció al primer grito. Pero eso fue peor. Ya no solo gritaba, sino que lloraba a mares y quería bajarse del auto en marcha.

Recién ahí se dio cuenta de que no tenía puerta en su lado, porque los escarabajos solo tienen dos puertas y ella no se había subido antes a ninguno. Obviamente, ya estaba descoordinada y solo quería que diéramos la vuelta para atender a los heridos.

Yo trataba de decirle que estaban yendo despacio y que lo más probable es que ya se hubieran bajado y tomado un taxi, pero fue implacable. Exigía que volviéramos. En eso recordé que había una comisaría dos cuadras antes del *bypass* y hacia allá nos dirigimos.

Le expliqué que era mejor dejar esas cosas en manos de la ley, ya que a lo mejor nosotros, "por ayudar" podíamos cometer algún error con los heridos que causaría la muerte de alguno de ellos. Se calmó y me dijo que tenía razón, que lo mejor era lo que yo sugería. Supongo que imaginaría un patrullero totalmente equipado con su numerito 911 en ambas puertas. No lo sé.

Al llegar a la comisaría, todas las luces estaban apagadas. Mal presagio. Significaba que ya se habían echado a dormir todos los policías de turno. Me bajé, me acerqué a la puerta y encontré a uno de ellos, que se vislumbraba a través del vidrio de la puerta corrediza, bien arropado en su frazada y roncando sonoramente.

Toqué la puerta con fuerza y el hombre despertó. Abrió la puerta con una cara de muy malas pulgas y le expliqué lo sucedido, exagerando todo lo que pude acerca de la gravedad de los heridos y hasta deslicé un muerto en la conversación. El policía me miró con unos ojos en los que solo se reflejaba cólera. Supe en ese momento que me odiaba con toda el alma. Creo que hasta pude escuchar su pensamiento: *¡Concha de tu madre! ¿A esta hora me traes chamba, huevón?* Sin embargo y apretando los dientes, me dijo:

—Muy bien, Señor. Gracias por avisar. De inmediato mandamos un patrullero.

Él y yo sabíamos que no era verdad. Es más, yo sabía que él estaba mintiendo, y él sabía que yo lo sabía. Así y todo, nos despedimos muy cortésmente. Protocolos muy peruanos que desconciertan a los extranjeros y a los cojudos. Cuando llegué al auto, le dije a la gringa que ya estaban despachadas dos ambulancias y un patrullero y que el policía me recomendó que tomara otra ruta, pues habían bloqueado la calle para atender a los heridos. Salí por Petit Thouars de frente a Javier Prado. Kathy, con todo el maquillaje descompuesto y con el rímel que le había pintado unas rayas negras a ambos lados de la nariz. Yo no murmuré una palabra hasta que llegamos a San Felipe. Noche azarosa como pocas.

Al entrar al ascensor, y confieso que nunca observé nada fuera de lo común en estos ascensores, había una media de hombre, usada. Usada en exceso máximo sería una mejor descripción, colgando del techo. El hedor era ofensivo. Kathy no la había visto, pero Perico se encargó de que le echara una mirada, indicándole que era la causa de la pestilencia. La pobre mujer no paró de llorar hasta que llegamos al décimo piso.

Yo no quise ni entrar de lo harto que estaba. Decidí desparecer todo el domingo.

Al llamar el lunes, mi tío Perico me dijo que Kathy se había marchado de imprevisto con rumbo a Kansas la noche anterior. No la volví a ver nunca más y por lo poco que supe después, no quiso jamás salir de Kansas.

En cuanto a mi tío Perico, caballero de la noche, galán irremediable, espléndido y audaz, murió hace un poco más de tres años. Aquí en los Estados Unidos, a no ser que seas una celebridad o millonario, los velorios y los funerales son pequeños a comparación de los de Lima. Pero para el entierro de mi tío Perico, la iglesia se llenó de tope a tope. Eso dice mucho más que cualquier cosa que pueda yo escribir acerca de él.

Hace unos días fue su cumpleaños. Sus hijos, su nuera, su nieta y mi hija fueron al cementerio a visitarlo. Mi primo Javier sacó una botella de tequila, y se sentaron alrededor de su tumba hasta que la botella se terminó.

Estoy seguro de que ese es el homenaje que más lo hubiera emocionado.

Desde el colegio

Pancho no sabía cómo pasó. Hace poco había salido del colegio y después la vida transcurrió tan rápido. Las promesas, los abrazos de despedida, las amistades para siempre, las grandes expectativas y el sentimiento maravilloso de saber que el mundo era suyo. Y ahora de pronto estaba sentado en su cama a las seis de la mañana, en calzoncillos y esperando encontrarse con un día de mierda en la oficina. Su mujer no se levantaría hasta las diez por lo menos.

A los cincuenta y dos años, Pancho trabajaba en una empresa donde su cuñado logró colocarlo después de estar desempleado por más de un año. Tenía seis meses ahí y su trabajo consistía en revisar los inventarios de materias primas y productos terminados. Le tocaba caminar todo el día y contar cada maldita caja, perno y lata que hubiera en *stock*. Siempre era preferible eso a tener que hacer taxi toda la noche.

Hijo único de una familia de clase media alta, su padre tenía un alto puesto en una gran compañía alemana, y vivían estupendamente. Fue a los mejores colegios, tuvo los mejores juguetes y a los trece años ya conocía casi la mitad del mundo. Era evidente que Pancho estaba destinado a hacer grandes cosas.

Ingresó a la universidad a estudiar Derecho. Le gustaba el ambiente, y su mente se abría a muchas cosas nuevas para él. Se familiarizó con la injusticia, el sufrimiento de los más pobres y empezó a leer a Roger Garaudy, Gorki y al Che Guevara, además de todo lo que le pusieran por delante en la facultad. El joven poeta y guerrillero Javier Heraud, muerto en la selva peruana por el ejército, pasó a ser su modelo de vida.

Poco a poco, se indoctrinó con los movimientos revolucionarios de todo el mundo. Cuba era la luz a seguir y sus programas sociales eran extraordinarios. Cuando se dio cuenta, tenía un tutor, Jorge, en la facultad. Se reunían a diario, incluidos los fines de semana. Un sábado, al llegar al café del Rímac donde se daban el encuentro, vio a dos personas más. Se presentaron como los camaradas Diomedes y Leoncio. Le llamó la atención el término, cuando lo que se usaba más era compañero, pero él no podía saber que ese término estaba reservado para los apristas. No había conocido ni uno en su vida.

A partir de ahí, cada fin de semana se encontrarían solo ellos. Jorge nunca más se le acercó. Aprendió técnicas de reglaje, uso de armas, manejo de explosivos y la filosofía maoísta del comunismo. Todo esto era difícil, ya que no podía tomar notas y no existían textos ni diagramas que seguir.

Un día Leoncio le manifestó que había llegado su momento en la revolución. Le dijo:

—Hoy el partido ha decidido darte la oportunidad de diferenciarte entre ser niño y hombre. Tu nombre será Teodoro desde ahora. ¿Estás dispuesto y disponible?

Pancho se sentía imbuido de una mística superior. ¡Iba a cambiar el mundo! La suerte de poder ser parte de este silencioso y efectivo movimiento, lo llenaba de dicha. En un susurro cargado de lágrimas de emoción, dijo:

—¡Sí, estoy dispuesto!

Sin darle mucha importancia a la reacción de Teodoro, Diomedes pasó a darle los detalles del operativo. Necesitaban con urgencia fondos para la compra de equipo y armamento. Teodoro y tres compañeros más asaltarían el Banco Continental de Corpac, urbanización desértica y en crecimiento. Su papel era muy simple: reducir al policía que estaba en la entrada armado con una pistola que probablemente no había sido usada en años. Él llevaría una metralleta y solo tendría que hacerlo entrar y obligarlo a echarse en el suelo.

El día esperado llegó. Teodoro esperaba en la esquina indicada hasta que llegó un taxi negro que se detuvo a su lado. La puerta se abrió y, sin hablar, al momento de entrar le dieron un pasamontañas y una metralleta AKM. Nadie decía nada. Teodoro los observaba y se veía tan diferente a pesar de la igualación del pasamontañas y el color negro de la ropa. Los otros tenían las manos oscuras, callosas y gastadas. Y el olor a miedo en vez de unirlos los separaba más y más.

Llegaron al banco. El chofer se cuadró en la puerta, y el que parecía el líder solo dijo: "Ahora" y salieron todos corriendo. Teodoro dio dos pasos y se encontró con el policía delante de él. Solo le dijo temblorosamente, como le enseñaron: "¡Pasa, pasa adentro huevón!". El hombre obedeció sin chistar. Todo sucedió tan rápido que cuando se dio cuenta ya estaban saliendo con el botín y fue ahí que el policía le arrebató la AKM escudándose con su cuerpo. Los demás salieron corriendo, tomaron el auto y lo dejaron.

Gracias a las influencias de su padre, Teodoro pasó a ser Pancho de nuevo y el asunto no trascendió a los medios. Pero en Lima todo se sabe. Pancho quedó marcado. Tuvo que dejar de ir a la facultad y consiguió trabajo en un ministerio donde le debían algunos favores a su padre.

Pronto se dio cuenta de que los vecinos en general lo evitaban y terminó haciendo amistades en el ministerio. Dejó de frecuentar Miraflores y San Isidro y empezó a sentirse más cómodo en Lince y Breña. Aun así, percibía que lo veían como un intruso. Las castas sociales se hacían sentir mucho más allá del color de la piel, pero se acostumbró, y con esa imperceptible dejadez tan limeña dejó las cosas pasar.

Un día se enamoró y después de un tiempo razonable, se casó. Tuvieron dos hijos, la parejita soñada. A esas alturas, Pancho ya sufría por mantener a la familia con sus magros ingresos de asistente en el ministerio.

Decidió visitar a sus amigos del colegio, y ver si alguno de ellos lo podía ayudar, ya que la mayoría eran profesionales y algunos incluso manejaban sus propias empresas. Fue recibido siempre con afecto, pero recibía ese "no" disfrazado, blando y gaseoso.

—Sí, Panchito, apenas sepa de algo, te aviso. En este momento no estamos contratando, pero ya saldrá algo, no te preocupes.

—Pancho, mi hermano, tenemos al jefe de auditoría con cáncer terminal. En unos seis meses la plaza ya debe estar libre y te llamamos al toque.

—Mira hermanito, lo que hay ahorita no es como para ti. Llámame en unos cuatro meses. Aquí te dejo mi directo. Tú di nomás que has estudiado conmigo.

Nunca lo llamaron ni le contestaron. Se cansó de insistir y poco a poco llegó a la triste conclusión de que la sociedad limeña lo había quemado. Su padre empezó a ayudarlo, pero le era imposible colocarlo en ninguna parte, e incluso él enfrentó ciertos problemas por ser "el padre de un terruco". Estaba por retirarse y muchos de sus contactos en el gobierno habían dado paso a los funcionarios de la nueva democracia peruana.

El cáncer de su mamá acabó con ella y con su padre, además de casi todos los ahorros que poseían. En menos de un año fallecieron ambos y Pancho heredó la casa de Miraflores y los dos autos. Quedaba aun un poco de dinero de los ahorros y el seguro, y Pancho decidió mudarse a Miraflores y empezar de nuevo.

Los problemas empezaron cuando no pudo matricular a sus hijos en ningún colegio de primera categoría. Era curioso que narcotraficantes y políticos corruptos no tuvieran el mismo problema. Terminaron ambos en un colegio nuevo, con nombre de presidente estadounidense. Era un colegio recién fundado y recibía a "cualquiera". Sus hijos fueron al Colegio Clinton. ¡Ironías de la vida!

Pancho no quería entender por qué los vecinos lo saludaban con tanta frialdad, los amigos del barrio no contestaban las llamadas o preferían de hecho ignorarlo en los encuentros casuales, o de camino a la iglesia o a la farmacia. Se negaba conscientemente a aceptar que casi quince años después, el estigma de Teodoro lo seguía persiguiendo.

Pero la realidad era que su situación no mejoraba. En el ministerio solo subió en el escalafón de nivel IV grado III a nivel V grado I en más de veinticinco años y la inflación galopante parecía hacer polvo sus ingresos en dos o tres días.

El tiempo tampoco fue generoso con Pancho. Por el contrario, lo amargó incluso más y empezó a convertirse en un personaje solitario, resentido y, sobre todo, molesto con esa ciudad de mierda que se esforzaba en no dejarlo avanzar. Cada año era peor que el anterior.

Un día llegó al ministerio y se enteró de que había sido elegido para ser parte de los que tomarían la "renuncia voluntaria", con incentivos económicos que de acuerdo con todos los cuadros estadísticos que les mostraron, le permitiría disfrutar de un ingreso mayor a su sueldo, o, mejor aún, poner un negocio.

Pancho, con su candorosa ingenuidad, aceptó de inmediato. Lo que la nueva democracia no le dijo fue que el interés prometido era ofrecido por CLAE, una organización que cometía actos criminales a plena luz del día y a la cual dejaron funcionar por unos años sin impedimento alguno. Pero como se trataba de un esquema de pirámide financiera, al tiempo llegó a ser intervenida por el Gobierno, y así fue como Pancho perdió sus ahorros poco después de perder su trabajo.

Volvió a recurrir a sus antiguos amigos, esta vez en tono de súplica desesperada, pero las respuestas de los pocos que aceptaron recibirlo fueron casi idénticas.

Abatido y con las obligaciones que se le venían encima, tuvo que dedicarse a hacer taxi en las noches, mientras durante el día buscaba trabajo. Finalmente, obtuvo el trabajo en el que estaba en la actualidad, gracias a su cuñado.

Un día, caminando por la avenida Larco, la calle más comercial e importante de Miraflores, le pareció ver a lo lejos a alguien conocido. Conforme se acercaba, el corazón le latía más deprisa. ¡Parecía su amigo Diego, su mejor amigo en el colegio, que se fue a estudiar a los Estados Unidos apenas se graduaron! Ya de cerca, ambos se reconocieron y se confundieron en un efusivo y emotivo abrazo.

—Diego, ¿qué ha sido de tu vida? Te fuiste y nadie supo nunca más nada de ti. ¡Qué gusto verte hermano!

—¡Lo mismo digo Panchito! Estás igualito. Un par de kilos más, pero los años no pasan por ti. ¿Cuántos van ya desde que salimos?

—Ya van a ser treinta y cinco años. Parece mentira cómo pasa el tiempo. ¿Y estás de paso por Lima o te has radicado aquí?

—Bueno, estoy en proceso de venirme definitivamente. Tengo algunos negocios en los Estados Unidos que estoy liquidando, pero eso toma tiempo. ¿Y tú?

—Bueno, yo trabajo en el área de inventarios de una empresa industrial muy grande. Y ahí vamos.

—¿Ya almorzaste Panchito? ¡Vamos, te invito!

—De ninguna manera, Diego. Lo que tienes que hacer es venirte a comer a la casa en la noche. ¡Conocerás a mi mujer, que cocina de maravilla!

—No quiero imponer nada, Panchito ¿Seguro que tu mujer no te va a hacer problemas? Ella ni sabe quién soy.

—¡Por favor, hermano! ¡Cómo se te ocurre! Todo lo contrario. ¡Va a estar muy feliz de que haya encontrado a mi mejor amigo del colegio!

Diego estaba muy bien vestido, con saco y corbata, y se notaba que era muy prolijo en cuanto a su aspecto personal. Pancho se sintió un poco corto, pues estaba con una guayabera y unos pantalones de gabardina que tenían muchos veranos encima. Le dio la dirección de la casa, algunas indicaciones y se despidieron.

Al llegar a su casa, le comentó muy entusiasmado a Olga su fantástico encuentro y que había invitado a Diego a comer. Ella, mortificada, le dijo:

—No sé de dónde vamos a sacar plata para esta comida. Como no le demos arroz con frejoles y pan frío, no va a comer nada.

—Tú no entiendes, ¿no? Diego se está mudando a Perú, y aquí piensa poner una exportadora muy grande. ¡Estoy seguro de que me ofrecerá un puesto importante! Él está a otro nivel y no como estos pelagatos que no me han querido ayudar.

—Yo ya no creo en nadie. Mira de dónde sacas plata para la comida, porque de verdad, no hay nada y yo no tengo un centavo.

Pancho silenciosamente salió y subió a su auto. Verificó que tenía el letrero de "TAXI" en la guantera y esperó a llegar a Surquillo para ponerlo en el parabrisas.

Después de tres horas, había reunido lo suficiente para una comida decente. Llegó a casa y salió con su mujer a comprar. En el camino le dijo:

—A ver si haces algo para que tu hija no se presente con esa ropa que está usando ahora. Parece una puta de *Taxi Driver*.

—Y tú dile a tu hijo que no salga de su cuarto. ¡Con ese aspecto gótico es capaz de asustar hasta a Drácula!

—No te preocupes, que ya casi no sale. Vive solo de madrugada.

Estas pullas y culpas compartidas eran catárticas para ambos. No pudieron criar a sus hijos como hubieran querido, ya que los problemas económicos y sociales de ambos ocuparon siempre un lugar prioritario.

Olga preparó una comida maravillosa para el escaso presupuesto. Diego quedó muy impresionado y repitió dos abundantes platos.

Conversaron sobre el futuro y las posibilidades de trabajar con Pancho, ya que siempre se necesita alguien de confianza.

Diego no solo le aseguró, sino que le exigió que renuncie apenas comenzara su compañía a operar en Lima. Olga y Pancho sentían que se les abría la puerta que había estado cerrada por tantos años.

Se despidieron entre abrazos y besos, prometiendo repetir la ocasión apenas Diego estuviera establecido, lo cual sería en unas pocas semanas.

Diego empezó a caminar lentamente por las calles húmedas de Miraflores, y a una distancia prudencial encontró una caja de cartón llena de basura. Sigilosamente se acercó y arrancó uno de los lados de la caja. Aun caminando, sacó una pequeña navaja y empezó a cortar el cartón, dándole la forma de una suela de zapato. Repitió la operación y se detuvo. Se sacó uno de los brillantes zapatos y puso uno de los cartones dentro del zapato. Hizo lo mismo con el otro. Pudo apreciar que los huecos de las suelas eran ya de tamaño considerable. Tendría que ir pronto a Tacora a comprarse otro par para "reencaucharlo".

Contento, y con el estómago lleno, pensó que no tendría que preocuparse de comer por dos días más.

Los regalos de un anciano

Eran días maravillosos aquellos. Acabábamos de empezar de enamorados y andaba yo entre nubes el día entero, solo pensando en ella y en un estado de ánimo comparable al éxtasis. Es una sensación difícil de describir, pero es como que cada célula del cuerpo se sintiera bien al mismo tiempo, y el corazón pareciera latir más fuerte. El pecho se siente lleno y todo lo que se ve es hermoso, incluso las otras personas parecen maravillosas.

La ilusión duró poco. Menos de una semana después, ella decidió terminar. No recuerdo bien por qué, pero yo tomé demasiado y definitivamente era obvio que yo metí la pata en algo.

Sentados en una banca del Parque Kennedy, sumido en la desesperación, trataba por todos los medios de pedir perdón, pero ella se mostraba irreductible. Incluso le dije que si ella quería, yo renunciaba al trabajo que tenía. Me miró a los ojos y dijo:

—¿Por qué harías una estupidez así?

Quise decirle que por amor a ella, pero sonaba bastante ridículo. Permanecí en silencio.

Al rato, fuimos a la Farmacia del Parque porque ella tenía dolor de cabeza. Pedí lo más fuerte que hubiera para el dolor, y me dieron Darvon compuesto. No lo quiso tomar y dijo secamente que todo lo que necesitaba era un vaso con agua. Se lo conseguí y le estaba dando de beber cuando hizo su entrada a la farmacia un anciano muy pequeño.

El pobre viejo acababa de sufrir un accidente. Tenía sangre en la cara saliéndole de la nariz y de un corte en la ceja. Estaba parado en medio de la farmacia, pidiendo que alguien lo ayude, ya que se había caído. Nunca he entendido bien por qué la mayoría de la gente prefiere no involucrarse. En realidad, era peor que eso. Simplemente ignoraron lo que estaba ocurriendo, como avestruces con la cabeza en la tierra. Muchas veces me gustaría hacerlo así, pero no puedo. Y no es que tenga buen corazón o cosa por el estilo, sino que soy muy malo disimulando.

Solo la visión del personaje era patética. Mediría casi metro y medio, debido a la curvatura de la espalda, probablemente escoliosis, que lo obligaba a mirar hacia arriba, como si estuviera pidiendo algo. Muy delgado, lo más notable era su apariencia de fragilidad. Vestía de negro, con una camisa blanca. El saco y el pantalón se veían muy desgastados, y se notaban las manchas de tierra producto de su accidente, pero era obvio que normalmente estaban limpios. Uno de los brazos colgaba en una extraña posición y el otro se aferraba a un bastón que parecía ser el único soporte sólido que tenía.

Pero era su cara lo que más llamaba la atención. Tenía el pelo casi blanco, despeinado al estilo de un escolar travieso, y una cara en la que a duras penas se veían los ojos y la boca. La nariz por el contrario era enérgica y grande, y las orejas se alzaban impresionantes. Su piel tenía los surcos más profundos que he visto en ser humano alguno y su aspecto en general transmitía un sentimiento de dolor íntimo y oscuro que tocaba el alma. No era el dolor físico de las heridas o los golpes sino uno mucho más intenso y permanente.

Quién sabe si en circunstancias normales no se hubiera notado tanto, pero con su fragilidad quebrantada, saltaba a la vista que era una persona que sufría mucho. Los surcos eran más marcados en las comisuras de los labios y ojos, mientras que las mejillas y la frente parecían haber sido cortadas a navajazos innumerables veces.

De manera inconsciente, y creo que casi por reflejo, me acerqué a él. Su sufrimiento clamaba desesperado por ayuda. Egoístamente, me reconfortó que alguien sufriera más que yo. Cosas curiosas que tiene la vida. Lo importante era que había encontrado una manera de poner a un lado mis problemas para poder hacerme cargo de los problemas de alguien que necesitaba más ayuda que yo.

Ella también se acercó. Entre los dos lo llevamos a una silla que uno de los dependientes me dio a regañadientes. Cuando miré a mi alrededor, la farmacia estaba vacía.

Logramos saber que vivía frente al Manolo de la calle Diez Canseco, y que al ir caminando por el parque, pasó a su lado un grupo de muchachos corriendo, con lo que perdió el equilibrio, tropezó, y cayó. Aparte de las heridas en la cara, lo más serio era que parecía haberse fracturado el brazo izquierdo.

Supimos que se llamaba Ernesto Cubas y tenía noventa y tres años. El local donde vivía era un pequeño y humilde restaurante en el que cocinaba menús diarios para los vendedores ambulantes del parque. Tenía una chica que lo ayudaba y que iba todos los días a trabajar, pero era sábado en la noche y él estaba solo, pues no tenía familia. Sus hijos ya habían muerto y sus nietos casi no lo conocieron.

Nos subimos a un taxi y lo llevamos a la Asistencia Pública, donde le pusieron algunos puntos en la ceja, y le enyesaron el brazo izquierdo. Afortunadamente, el hueso no se había roto, pero la muñeca estaba luxada. Cuando hablé con el médico, me dijo que la probabilidad de curarse era muy baja, debido a su avanzada edad, así que la receta que nos dio era solamente para medicinas contra el dolor.

Compramos los remedios y lo acompañamos a su local, donde pensábamos dejarlo descansando e ir a visitarlo al día siguiente. Cuando llegamos, ingresamos a una habitación oscura, llena de viejas mesas y sillas de diferentes estilos, un mostrador y un pizarrín de Inca Kola donde todavía estaba escrito el menú del viernes. Al fondo estaba la cocina, un pequeño baño y una cortina que al abrirla nos mostró un diminuto camastro donde dormía.

Lo empezamos a llamar don Ernesto, y pareció gustarle. A mí me decía don Fernandito. Lo acostamos y prometimos ir a verlo al día siguiente para ver cómo seguía. Salimos y sin decir palabra nos tomamos de la mano. Era una fría y húmeda noche de invierno mira-florino y nada hubiera sido mejor en ese momento que abrazarla con todas mis fuerzas, pues sentía que se me estaba dando una segunda oportunidad. Pero el instinto me decía que debía dejar que las cosas fluyeran solas.

Ninguno de los dos habló durante el trayecto a su casa. Cuando la dejé le pregunté a qué hora nos encontraríamos para ir a ver a don Ernesto. Quedamos en vernos después del almuerzo. Yo decidí ir a verlo en la mañana para llevarle algo de comida. Así lo hice y cuando llegué, don Ernesto ya estaba vestido con su terno negro y su camisa. Estaban limpios y acabados de planchar. Sus zapatos también habían sido lustrados. Me imaginé el esfuerzo que le tomaría hacerlo con una sola mano. A pesar de todos sus problemas, don Ernesto trataba de mantener su dignidad a como diera lugar. Son estos pequeños detalles los que me conmovieron y se reflejaron inmediatamente en mis ojos que se humedecieron y en el corazón que se me encogió.

Mientras comía, me iba contando un poco de su vida. A pesar de su edad, era una persona sumamente lúcida. Me resultaba difícil entenderle por la falta de dientes, pero poco a poco me acostumbré. Él fue un bohemio y un trotamundos. Estuvo en la marina mercante por muchos años, en un barco que siempre hacía la misma ruta. Le daba la vuelta a Sudamérica por el Cabo de Hornos llegando hasta Brasil, donde retornaba y llegaba hasta Ecuador. Tocaba la guitarra, cantaba y componía música, la mayoría tangos y milongas.

Era uruguayo y no recordaba bien por qué se quedó en Lima. Aparentemente el barco lo dejó y como solo llegaba cada cuatro meses, se acostumbró, se enamoró más de una vez, y tuvo hijos, también más de una vez. Pero su carácter y su espíritu aventurero pudieron más, y volvió a embarcarse. Poco a poco, conforme pasaban los años, viajaba menos y se quedaba más tiempo en Lima, hasta que por último abrió un restaurante y se quedó definitivamente.

Los años siguieron pasando; vio morir a sus dos mujeres y a todos sus hijos. Con un golpe de suerte logró alquilar el local que tenía ahora —quince años antes— a los setenta y ocho, y como él decía, lleno de vida.

El local pertenecía a los curas de la Iglesia del Parque, junto con todo lo demás de esa manzana, a excepción de la municipalidad.

Su mayor interrogante era por qué Dios le había permitido llegar a esa edad. Y me dijo:

—No es que haya sido una buena persona, pero no he sido tan malo como para merecer esto.

—Pero don Ernesto, se va a recuperar de esto. Ya ve que no ha sido tan grave. El doctor dice que en dos o tres semanas va a estar bien. Y yo veo que está usted en buenas condiciones físicas. Ha limpiado y planchado su ropa y lustrado sus zapatos. Con una sola mano, eso requiere mucha disciplina y buen estado físico. —Yo mentía de pura buena voluntad, tratando de levantarle el ánimo un poco.

—No me refería a eso —murmuró triste.

Yo no contesté, y me quedé pensando en su respuesta. En sus ojos pude atisbar ese dolor sordo del que sufre.

Me despedí y le dije que regresaríamos más tarde para ver cómo seguía. Me dirigí directamente a la casa de ella, pensando en cómo progresaría ese día. Todavía no nos habíamos dicho nada, pero tarde o temprano el asunto saldría a la luz.

Cuando llegué a recogerla, ella me mostró un paquete que preparó para don Ernesto. En él colocó ropa interior, medias, sábanas, y algunas prendas de su hermano menor, de cuando era más chico. También toallas, secadores, jabón, champú, y hasta una colonia. Esto y la conversación que tuve en la mañana con el viejo lograron que no habláramos del tema hasta que llegamos.

Don Ernesto se alegró mucho de vernos. Creo que en su fuero interno pensaba que cada vez que nos íbamos ya no volveríamos a verlo. Quedó muy agradecido con el paquete y estuvimos con él un par de horas. Le explicamos que al día siguiente, lunes, ambos trabajábamos, pero que iríamos a verlo apenas saliéramos del trabajo. Pude notar una pequeña sombra en su cara. ¡Pobre hombre! Por un momento me hizo pensar en la mirada triste y sumisa de los perros vagos, que esperan todo y rara vez reciben algo y sin embargo ni un gruñido, a lo mejor una queja, pero jamás un ladrido sonoro y demandante, como los perros con dueño y pedigrí.

Él era perfectamente consciente de que nadie lo iba a cuidar para siempre. No podía darse el lujo de vivir con un hijo o nieto, y menos aún, en un albergue. A lo mejor se le presentó alguna vez la oportunidad, pero probablemente esa dignidad que conservaba le impedía aceptar vivir de balde. Así que, a su avanzada edad, aún trabajaba.

Fuimos a hablar con los curas de la iglesia para ver si podían ayudarle, o por lo menos enterarnos un poco más de los detalles del alquiler. Pero era domingo en la tarde y nos atendió un muchacho de unos veinte años, que hablaba perfecto español de España, es decir con las ces y las zetas pronunciadas con distinción. Supuse que lo trajeron de alguna de las misiones que tenían los vicentinos en la sierra peruana. No hubo manera de traspasar a este cancerbero criollo.

—Losh shazzerdotesh eshtán deshcanshando.

Decidimos entonces ir a la iglesia misma y hablar con el curita que oficiaba la misa. Cuando le explicamos la razón de nuestra visita, y que no se trataba de la salvación de nuestras almas sino la de un pobre viejo que vivía atrás de la parroquia, con una mirada que reflejaba un halo de desilusión, nos dijo que esas labores las veía el administrador y que fuéramos al día siguiente en la mañana. Quedamos en que nos veríamos al día siguiente para ir a ver al viejito y no hablamos del otro tema, pero ya nos sentíamos más juntos y ella había recuperado su dulzura usual.

El lunes lo volvimos a visitar, y se le veía un poco mejor. Nos presentó a su ayudante, una chica de unos veinte años, que preparaba los menús, y que se encargaba de su cuidado. No nos inspiraba mucha confianza, pero poco podíamos hacer. Le pregunté cosas como cuánto dinero ingresaba, cómo se cobraba a los parroquianos, dónde se compraban los alimentos y otros datos por el estilo. Las respuestas fueron naturales y simples. Quedé más tranquilo.

Noté que al lado, en un local similar, trabajaba una costurera, mujer también humilde, pero mucho más joven. Me acerqué a conversarle y prometió que le daría un vistazo de vez en cuando a don Ernesto, al cual conocía.

Poco a poco, y durante las siguientes semanas, seguimos visitando al anciano, lo llevamos a que le sacaran el yeso, y desarrollamos una relación extraña pero agradable. No era fácil y costaba trabajo y dinero comprar sus medicinas y cubrir algunos de sus gastos primarios mientras se recuperaba, pero nuestra relación como pareja parecía nutrirse de este cuidado. Se había desarrollado una peculiar simbiosis entre nosotros. Entre visita y visita, fuimos aclarando nuestras cosas, y tuve que pedir perdón como mil veces. Si hubiera tenido que hacerlo diez mil, también lo hubiera hecho.

Cuanto mejor se sentía, menos lo veíamos, hasta que los días se convirtieron en semanas y las semanas en meses. Pero cada vez, su alegría era inmensa: "¡Don Fernandito!". A mí me sonaba raro que a los veinticinco años me dijeran "don" y con el nombre en diminutivo, pero tenía su encanto, un calor especial en su voz cuando lo decía.

Al poco tiempo de casados, fuimos a verlo, pero la puerta no se abrió. Le preguntamos a la costurera por él y nos dijo que falleció unas dos semanas atrás. Su muerte nos afectó mucho, pero en mi interior sentía que eso era lo que él quería.

Me tomó muchísimo tiempo entender esa tristeza que don Ernesto transmitía. Ese dolor sin consuelo, esos ojos angustiados y oscuros me eran difíciles de interpretar de joven.

Hace unas semanas, y de súbito, me vino a la memoria don Ernesto, y fue entonces cuando comprendí. El dolor de don Ernesto Cubas era un dolor del corazón, de la terrible y espantosa soledad del anciano del cual ya nadie necesita y al cual nadie quiere ayudar. A eso se refería cuando decía que no merecía un castigo tan grande.

Quisiera pensar que a muy pocas personas les va a pasar eso. Es decir, la soledad del anciano, aquella que se siente cuando ya nadie necesita de uno. Pero vienen a mi mente algunos casos cercanos y veo que es mucho más frecuente de lo que yo pensaba. Y creo que es peor cuando uno no tiene tampoco ninguna necesidad. Como la abuelita que la tienen en silla de ruedas con una mucama para que le dé de comer, o al abuelo que lo sientan frente al televisor en la mañana y lo acuestan en la noche.

Don Ernesto intuyó sabiamente que, conservando su dignidad, conservaba su humanidad, su condición de ser necesario para él mismo. Solo ahora comprendo lo difícil y doloroso que debe haber sido para él mantener esa dignidad.

En conclusión, este pequeño y gran anciano me hizo dos regalos maravillosos; el primero, poderme casar con Marita después de todas mis equivocaciones; y el segundo, ese entendimiento importantísimo de la dignidad y la condición humana.

AcaT'inka

Era casi de noche cuando Capanga, el zapatero ambulante que trabajaba en la esquina, llegó en su triciclo con la noticia a la bodega donde se encontraban algunos de los muchachos del barrio, y con una voz que denotaba cierta angustia les dijo:

—Quería avisarles porque ya me estoy recogiendo, pues. ¡Clavillazo se lanzó al acantilado en el Paraíso de los Suicidas!

Capanga había trabajado en una de las esquinas del barrio San Elmo de Miraflores por tanto tiempo que nadie recordaba desde cuándo. Siempre con la misma ropa, un viejo uniforme militar caqui, gastadísimo, con decenas de parches y zurcidos, llegaba religiosamente todos los días, excepto domingos, a las seis de la mañana, "los clientes empiezan a llegar temprano, pues", y se ubicaba en su esquina por doce horas exactas.

De tez sanguínea y ojos verdes, bajo y macizo, llevaba un pequeño bigote muy delgado, abundante gomina para mantener el largo e hirsuto pelo negro pegado al cráneo, "hay que verse siempre bien limpio, pues"; sus rasgos faciales le daban un aspecto canino:

era algo en la forma de sus ojos, sus labios delgados y una amplia y agresiva sonrisa que daba paso a una gigantesca dentadura en la que brillaban dos dientes engastados en oro.

San Elmo era el lugar ideal para vivir en Lima. Familias de clase media alta, miraflorinos antiguos, parte de una sociedad propia de un pueblo más pequeño. Todos se conocían y el "quién es quién" era perfectamente familiar para todos los vecinos. Un barrio tranquilo, con frondosas acacias y tipuanas blancas y rosas, cercas de madera blanca, geranios de colores y calles silenciosas donde solo se escuchaba el canto de miles de aves al atardecer. Muchas familias vivían en la zona desde tiempos remotos, generación tras generación.

El secreto de San Elmo empezaba muchísimos años atrás, cuando a las costas de Miraflores llegó una lámpara misteriosa después de flotar en el océano durante unos cuantos siglos. Al tocar tierra, un buhonero criollo la recogió y pensó que bien pulida podría representarle un buen ingreso. Tenía ojo clínico para esas cosas. Una vez en su covacha de esteras, decidió limpiarla a conciencia. No tenía sentido el hacer un trabajo a medias, así que tomó la lija más fina que pudo hallar.

Ignorante del futuro desenlace, se concentró en la tarea. No podía saber que dentro habitaba un poderosísimo genio, Abdul Yinn, condenado a los confines de la lámpara por un malvado dios asirio llamado Gilgamesh, famoso por su crueldad. En una lucha de titanes, Yinn fue derrotado y humillado, y terminó cautivo en un minúsculo espacio por los siglos de los siglos.

Con el rasguño consistente de la lija, Abdul Yinn despertó de un pésimo humor. Después de todo, le estaban arañando la espalda, pero al mismo tiempo se estaba rompiendo el encanto que lo mantenía cautivo pues el buhonero pulía la lámpara vigorosamente. Agitado y encolerizado, no salió de la lámpara, sino que la reventó por la fuerza del alarido que erizó hasta los pelos ocultos del pobre buhonero que escapó corriendo como alma que lleva el diablo hasta refugiarse en la Iglesia de San Julián de Barranco, mientras Abdul Yinn se corporizaba.

Libre y recuperando la compostura, miró a su alrededor para ver a su salvador y concederle el deseo de rigor, pero no encontró a nadie. El miserable y aterrorizado benefactor era un minúsculo punto en el horizonte. Abdul pensó de inmediato: *¡Él se lo pierde! Yo estaba dispuesto, pero el imbécil ha salido disparado. Ya no es mi problema.*

Se escuchó una suave voz:

—Abdul, tienes que conceder un deseo de todas maneras. Eso o regresas al cautiverio. Recuerda que aún estás bajo el encanto de Gilgamesh.

Hablaba el alma errante condenada por Gilgamesh a vigilarlo por toda la eternidad.

—¡Pero si ha desaparecido! ¿Se lo puedo dar a otro?

—No. Déjame ver… —respondió mientras revisaba mentalmente las cláusulas del encanto. Encontró una opción—. Puedes beneficiar a un lugar en particular. Esta previsión era para cuando el que te liberara cayera muerto del susto, pero me imagino que es aplicable en este caso.

—¡No hablemos más! Desde acá veo esa aldea paupérrima. La voy a convertir en un paraíso para sus habitantes.

Y así, repentinamente, sin arte ni parte, el miserable villorrio de San Elmo de Miraflores se convirtió en un paraíso para vivir. Con esto, el genio y su alma errante desaparecieron con rumbo a la nebulosa del Esqueleto, lejos, muy lejos, para evitar el alcance de Gilgamesh. Entretanto, San Elmo pasó a ser un barrio encantado.

Como todo barrio mágico, tenía un par de tiendas de abarrotes, una farmacia, quiosco de periódicos, teléfono público y, por supuesto, un buen zapatero. Muy cerca estaban las zonas más exclusivas de Miraflores y los parques aledaños eran muy hermosos. Además, estaba a corta distancia de la zona comercial, aunque no lo suficiente para que fuera un problema.

Hubiera sido imposible que no existiera también la chismosa del barrio —la señora Dorita—, siempre sentada al lado de su ventana, vigilando permanentemente a los muchachos del barrio y a las empleadas de servicio para que aquellos no se pasaran de la raya y estas no estuvieran coqueteando con los choferes, jardineros, barrenderos y policías de la zona. Era el filtro moral necesario para preservar el encanto.

Pequeña y regordeta, la señora Dorita vestía todo al año con el hábito morado del Señor de los Milagros, aunque jamás fuera a misa. Los viernes en la tarde, en el juego de canasta con las vecinas, las ponía al tanto de los pormenores del barrio. Todos se preguntaban cómo podía saber el nombre de cada muchacho y de cada empleada.

—Pocha, la Luzmila estaba conversando el otro día con el jardinero de los Sologuren. Estaba muy entretenida y con muchas risitas. Cualquier día te va a llegar a la casa con alguna sorpresita.

—Gracias por el dato, Dorita. Ya le advertí que, si se embaraza, se tiene que ir. No estamos para tener criaturas en la casa, y menos aún de una empleada.

—Ayer he visto fumando al hijo de Marita. Yo creo que era marihuana, porque miraba a todas partes como si estuviera haciendo algo malo. Con las cosas como están, cualquier día todos los chicos pueden terminar en las drogas.

—¡Ni se te ocurra decirle una palabra! El marido ha perdido el trabajo y la pobre ya tiene suficientes problemas.

—Teté, creo que tu hijo anda con malas juntas. El jueves en la noche vi a Javicho con dos muchachos que no son del barrio y llevaba una botella en la mano.

—¡No me digas! Apenas llegue a la casa, voy a encargarme de ese zamarro. Con razón llegó tarde el otro día... ¡Sabe Dios dónde se habrán ido! Si no fuera por ti, Dorita, no nos enteraríamos de lo que pasa en el barrio.

Así se mantenía el delicado equilibrio de San Elmo, y la señora Dorita era apreciada por todas las vecinas.

San Elmo reflejaba la sociedad perfecta: sin reglamentos, leyes ni ordenanzas. No eran necesarios. Cada uno sabía cabalmente su lugar y cada familia tenía plena conciencia de las reglas no escritas que había que cumplir. A nadie se le ocurriría pintar la casa de algún color estridente o tener un auto muy viejo y en mal estado. Tender ropa lavada con vistas a la calle o que las empleadas no tuvieran uniforme… ¡impensable!

Casi parecía que se nacía así, con las normas implantadas genéticamente. La gente era mesurada, discreta, de buen gusto y muy buena educación. Jamás una impertinencia o un insulto. Nada estaba fuera de lugar y había formas muy claras de transmitir un mensaje sin decir ni hacer nada. Esa era la sutil y sofisticada magia de tan afortunado vecindario.

La esquina de Capanga era el punto de referencia, de reunión y el ícono que representaba al barrio.

—¡Ay, hija, qué suerte de tener a Capanguita! ¡Es tan buen zapatero y siempre tan servicial!

—Sí, oye. Felizmente, porque escuché que en el barrio de Bartolomé Herrera tienen un zapatero antipatiquísimo, todo sucio y chapucero. ¡Parece un Atahualpa!

—¿Te imaginas? Sería horrible tener alguien así en el barrio…

—Por eso me gusta tanto San Elmo. Las bodegas, superlimpias; la china Misaki tiene a toditas sus dependientas uniformadas, y el Francisco parece que tuviera un convento.

—¿Y la señora de la farmacia? Es morenita pero muy educadita y toda una profesional. Siempre tan amable. Y sabe darse su lugar.

Capanga sabía también cuál era su lugar. A pesar de ser de tez clara, lo traicionaban los dientes de oro y sus facciones. Era consciente de que jamás podría pasar al otro lado del mostrador. Y aceptaba su destino con amargura y resignación. Aunque su madre era solo ligeramente morena, no sabía de nadie en la familia que tuviera ojos verdes. Cuando le preguntó a su madre, ella le mencionó algún bisabuelo perdido en el siglo pasado, y en ese punto quedó la investigación.

Lo cierto fue que nació fruto de un prohibido y oculto amor entre el hijo de un acaudalado empresario barranquino y la criada de la casa. Fue entonces cuando el hada madrina de la familia le concedió varios dones, en compensación por no ser jamás reconocido ni aceptado por ellos. Obtuvo así los dones de la perennidad —o sea, un aspecto inmutable—, de la alcahuetería y de la certeza del destino ajeno, lo que lo convirtió en un zapatero mágico.

Jamás le dijo cuántos años tenía a nadie, y era imposible aventurarle una edad. Todos lo intentaban, pero, a la hora de decidir, los invadía una niebla que borraba cualquier idea preconcebida y hasta olvidaban lo que querían adivinar.

Y es que se le veía ágil y vigoroso, pero sus arrugas —pocas, profundas y curtidas— hablaban de alguien que ha vivido mucho y visto demasiado. Era un tipo jovial, criollo, muy rápido, "perdiste por lento, pues", y transmitía un sutil halo de tristeza, como esas fotos antiguas en que se han oscurecido los bordes y los detalles se ven borrosos.

La función principal de Capanga no era la de zapatero. Con los dones se le asignó también una misión sagrada en este barrio perfecto, que era la de mantener al mundo entero informado de todas las novedades. No como la señora Dorita, que informaba tendenciosamente y sin ningún tamiz, a excepción del de sus propios intereses. Capanga sabía ser discreto. Informaba a los vecinos de los matrimonios, noviazgos, mudanzas, peleas de los muchachos y ese tipo de cosas. Nada más.

La esquina en la que cuadraba su alfombra voladora disfrazada de triciclo, "cuidadito con la persa, pues", era el lugar obligado de reunión de los muchachos, como lo fue para la generación anterior y probablemente la anterior a esa.

Todas las empleadas llevaban a ese local los zapatos de la familia a reparar, y Capanga les sonsacaba hábilmente los chismes de la casa y, al mismo tiempo, los de ellas, "se te ve en la cara que tienes enamorado, pues", con lo que, además de fuente valiosa de información, ejercía su celestinaje dialogando luego con los posibles candidatos al corazón de las damas. Siempre le podían salir unas cervecitas después del trabajo.

Los jardineros y choferes del barrio lo hacían su confidente y le contaban sabrosos incidentes, más elaborados y con mayor intención que los de las mucamas. También el policía era su amigo, con lo que podía saber quiénes tenían escándalos nocturnos o llegaban muy tarde a casa, "jugadoraza la señora Chelita, pues", tratando de no llamar la atención de nadie.

Sabía perfectamente la situación de cada familia, porque la calidad, marca y deterioro de los zapatos, "un zapato te dice de todo, pues", le hacían saber cómo vivían.

El Florsheim clásico, impecable, al que escasamente le ponía un tacón nuevo debido al ligero desgaste del anterior; el Bata-Rímac de Neolite, destrozado, lleno de mugre y al que había que ponerle media suela, plantilla y taco, "a mí no se me escapa nada, pues", para darle hasta un año más de vida, y muchos otros para los cuales él tenía automáticamente asignado un escalafón social en el cual basaba sus precios.

Incluso podía distinguir entre las familias que, a pesar de no tener muchos recursos, los mantenían limpios y relativamente bien conservados, y aquellas otras familias que simplemente los destrozaban. A pesar de ser una buena fuente de ingresos, aborrecía por dentro a estas últimas, pues en su opinión un zapato era una obra maestra, un invento casi divino. Sin duda tenía vocación para el oficio.

Lo que más le gustaba era reparar los zapatos de taco alto, tan delicados y estilizados. Solo tenía que reemplazar el taquito de jebe al final del taco, pero casi siempre les decía a las empleadas que regresaran luego, pues quería pasar un rato admirando y sintiendo la suavidad del calzado. Su mente viajaba a lugares oscuros y recónditos mientras pensaba en la dueña de aquel zapato. Las reconocía a todas por el desgaste del taco, que identificaba su manera de caminar.

Si bien su esquina era la piedra angular del barrio, el corazón era el grupo de adolescentes que se reunían a diario. Con edades entre quince y veinte años, todos despertaban a la vida con actitudes y experiencias diversas. Tenían en común las expectativas de ingresar a la universidad y haber estudiado en los mejores colegios católicos de Lima. Algunos, los más rebeldes e inquietos, estaban aún estudiando en colegios privados de dudosa calidad, especiales para recoger a todos aquellos que eran expulsados de los buenos colegios. En ellos los muchachos no tendrían problema alguno para terminar la secundaria: acabarían uno o dos años después que los demás, pero eso era lo de menos. Capanga sabía que estos últimos harían con toda seguridad más dinero que los aplicados y estudiosos. Incluso que los inteligentes.

Era todo un espectáculo ver a tanto joven muy bien vestido empezando su ensayo de actitudes, posturas y movimientos que los acompañarían de por vida y que les imbuían las vitales dosis de seguridad y autoestima: la manera de apoyar la pierna en el muro, sentarse en el triciclo de Capanga o pasarse la mano por el bien cuidado cabello con un gesto ágil y varonil, además de elegante y decidido.

Nadie era tan buen conocedor y analizador de personalidades como el buen zapatero. Después de todo, haber observado a varias generaciones de jóvenes crecer y prosperar o fracasar en la vida le daba la autoridad para opinar silenciosa y acertadamente sobre el futuro de aquellos.

Mirar a Augusto girando con estilo la cabeza para lanzar la rubia y brillante cabellera hacia atrás al tiempo que se acomodaba en el asiento del triciclo como si fuera una motocicleta y al Chato Jonás rascarse disimuladamente la nuca mientras se miraba las uñas sucias y mal cortadas de la otra mano bastaba para que Capanga supiera lo que había que saber. Eran abiertos mensajes que le decían quién ganaría y quién perdería en la vida.

Pero su don iba mucho más allá. Si pudiera haberlo compartido, sería el primer zapatero millonario de la ciudad. Muy a su pesar, los dones eran para enriquecer su fuero interno y no su bienestar material.

Capanga sabía sin duda ninguna quién sería feliz o desgraciado en la vida. Podía pronosticar con certeza el porvenir al que moriría joven y al que se mataría de un tiro en la cabeza cuarenta años después, rodeado de riqueza, drogas y mujeres. Tal era la exactitud con que podía ver el futuro. En ocasiones se le quebraba el alma cuando veía decisiones juveniles, tontas al parecer, y que afectarían la vida del protagonista de forma terrible. Pero estaba condenado a guardar silencio. Solo lo rompió una vez y el precio fue muy alto y doloroso.

Cada jornada montaba en la alfombra voladora con su máquina de coser cuero, las leznas y cuchillas, su bigornia, aquel yunque vital para cualquier zapatero, y el resto de trastes propios.

Al cruzar la línea del tranvía con dirección a su casa, su magia desaparecía y volvía a ser Aurelio Gaona, de cincuenta y tres años, cuatro hijas, una esposa y una querida.

Con angustias económicas tremendas, "es que la Linda me quiere sangrar, pues", a duras penas podía pedalear el triciclo hasta su casa. Odiaba a las mujeres, pero no podía vivir sin ellas. Triste destino el suyo. Agotado, "y la Dora seguro va a querer que le cumpla hoy, pues", empezaba a contar los minutos para regresar a su rutina mágica en el barrio de San Elmo.

Entretanto, el doctor Félix Panduro Riofrío, brillante abogado y juez de la República, pensaba en su hijo Antonio camino al juzgado. Don Félix opinaba que era preferible feo que bruto, y Toñito era el primero de su clase en la escuela, gracias a Dios. Antonio ya había cumplido catorce años y era muy buen hijo. *Demasiado*, se dijo el juez. *Este chico necesita un poco más de calle. Será muy bueno y aplicado, pero no se puede vivir con tanta inocencia. Ya pensaré en algo...*

En ese momento, el chofer se estacionaba frente al Palacio de Justicia. Don Félix era a su vez hijo de Emiliano Panduro, inmigrante selvático y antiguo minorista de verduras en el Mercado Mayorista, quien había conquistado a la dulce Sarita Riofrío nadie sabía cómo. Su familia era de mucha prosapia, pero estaba venida a menos. En una convivencia clandestina, y entre gallos y medianoche, don Félix vino al mundo.

El duende de la familia, un tunche lambayecano gruñón y de mal humor perpetuo, le concedió un solo regalo, al que denominaban *AcaT'inka*, nombre quechua cuya traducción más cercana sería "regalo hecho de mierda". Al menos el tunche se aseguró de que, con este, don Félix pudiera prosperar y llevar una vida acomodada. Este fue el don de la falta de escrúpulos, uno de los más comunes en el mundo mágico.

El problema con los tunches era su temperamento envidioso y siniestro, que trataban de usar con la mayor frecuencia posible. Estos seres encantados estaban obligados a conceder *AcaT'inkas* a quienes los habían acogido y protegido de los muquis, duendes mineros que casi habían acabado con los tunches hacía muchísimos años.

La plana encantada autóctona de la zona estaba siempre peleando entre sí. Supays, shapshikus, muquis, tunches y chikanes constantemente buscaban argumentos y motivos para enemistarse. En cambio, los venidos de fuera —hadas madrinas, ninfas o genios orientales— eran temidos, respetados y admirados. ¡Ni meterse con ellos!

¡Qué diferencia con el hada madrina de Capanga! "Es que ella había sido importada desde Noruega y era una delicadeza con alas, pues".

Don Félix no desaprovechó aquella única ventaja en la vida e hizo uso profuso y efectivo de lo que se le había otorgado. Así fue como llegó a graduarse de abogado y, gracias a prebendas, concesiones y sobornos, alcanzó la función pública de juez de la Corte Superior.

Su joven esposa, Charo, había fallecido tras ser atropellada en la avenida Bolivia, al intentar cruzar cuando dos microbuses estaban en una carrera para ganar pasajeros. A pesar del dolor auténtico que sentía, don Félix utilizó la tragedia para generar un poquito de conmiseración y mucho de solidaridad en el ministerio. Fue el que más rápido ascendió en el escalafón.

Opinaba que no había nada de malo en utilizar una tragedia para tomar ventaja. Después de todo, él estaba sufriendo y su hijo Toñito también.

Tras lograr el objetivo esperado, don Félix finalmente pudo pensar en comprar una buena casa y poner a su pequeño y único hijo en un prestigioso colegio. Había tolerado pacientemente la casita de Breña y la escuelita paupérrima para Toñito, que era un niño muy especial. Desde la cuna irradiaba dulzura y genuina alegría.

Su buen talante hacía pasar desapercibidos sus ojos bizcos y su cabeza descomunal, que asemejaba una pirámide invertida. Además estaba el tema del color de su piel, pues si bien no era moreno tampoco era blanco. Su tono amarillento parecía indicar que tenía ictericia. Su aspecto era consecuencia de una de las pesadas bromas del tunche, quien, viendo la promisoria carrera de don Félix, quiso ponerle un sabor amargo a su vida, siempre necesario.

Sin que nadie lo supiera, Toñito recibió las últimas virtudes que una mágica náyade moribunda pudo darle. Enternecida por su patético aspecto al nacer, le regaló lo que le quedaba por poca demanda: la ingenuidad, la nobleza y la pureza de alma. Al otorgarle esta última virtud, cayó muerta al suelo, donde fue pisada inadvertidamente por el juez.

Cuando quiso comprar una casa en Miraflores, don Félix estuvo a punto de perderlo todo. La *AcaT'inka* le impedía vivir en las mejores zonas, a riesgo de revertirse y convertirlo en un hombre serio y decente. Un terrible escalofrío le sacudió el espinazo de solo pensarlo y, como era de esperar, el tunche no le había advertido nada, confiando en liberarse del pesado compromiso.

Decidió comprar la casa lo más cerca posible, y así lo hizo: compró no una, sino dos casas contiguas frente a la línea del tranvía, el límite justo entre Miraflores y Surquillo, un barrio mucho más modesto y populoso. Una de ellas era muy bonita y coqueta, mientras que la otra se veía modesta y práctica, sin adornos ni cornisas y menos aún jardín frontal, a excepción de unas pocas macetas.

Don Félix no daba puntada sin hilo. Al fondo de ambas, construyó una puerta común, hábilmente camuflada por dos grandes armarios. Amuebló ambas, la primera muy modestamente y la segunda con muebles de caoba negra, cuadros de los mejores pintores, biblioteca con muchos tomos de cuero y vívidos colores, todos los artefactos eléctricos posibles y cuanta comodidad pudiera ofrecer la vida moderna.

Toda la familia, a excepción de las criadas, vivía en la segunda casa, la del lujo interior. La puerta principal de la casa con el exterior más ostentoso jamás se abrió. Para todos los vecinos, el austero magistrado vivía con la modestia propia de un probo y estoico juez de la Grecia antigua en la pequeña casa contigua.

Toñito creció en la soledad de una casa llena de lujos y con los mejores juguetes, que nunca pudo compartir. En su ternura e ingenuidad construía sus sueños siempre llenos de niños jugando con él en parques inmensos de verdes tamices, lagunas de prístinos azules y flores de mil colores. Estos niños imaginarios jugaban siempre sin pelear, y las intrigas, envidias y chismes que tanto lo hacían sufrir en el nuevo colegio eran desconocidos en aquel mágico mundo.

Cada día, al regresar del colegio, Toño pasaba por el barrio de Capanga y veía a lo lejos al grupo de muchachos de su edad departiendo alegremente en la esquina del zapatero. Siempre quiso acercarse a ellos, pero nunca tuvo el valor.

Finalmente, un día vio a Capanga solo y reunió toda su bravura para acercarse a conversar con él. Confiaba en que, una vez que él lo conociera, se harían amigos, y de esa manera podría acercarse a los del barrio. Los veía tan seguros de sí mismos, tan auténticos y naturales que ansiaba con desesperación ser uno de ellos. Sentía que con aquello sus temores, inseguridades y su ingenuidad, de la que era dolorosamente consciente, desaparecerían de manera instantánea.

Un día de verano se sentó en la esquina aun vacía y, titubeando, se dirigió a Capanga:

—Buenas tardes, señor. ¿Siempre está por acá?

—Todos los días menos domingos, hijo. Y tú, ¿cómo te llamas?

—Antonio Panduro, a sus órdenes, señor. Pero me dicen Toño.

—Yo soy Capanga, el zapatero. ¿Cómo no te he visto antes, pues?

—Es que nos hemos mudado hace poco.

Mientras conversaban, Toño vio acercarse a un muchacho al que reconoció de inmediato. Era el que tenía un caminar muy elástico, tanto que parecía un felino en busca de su presa.

Al llegar, Pepe Lucho le dirigió una mirada inexpresiva y un leve ademán con la cabeza, un tipo de saludo impersonal que implicaba por lo menos que sabía que estaba ahí. Toño sintió que el corazón se le iba a salir por la boca, pero contestó de similar forma.

—¿Has visto a Javicho, Capanga?

—Estuvo por acá, pero creo que se ha ido con el Chino y Jaimito a ver unas hembritas.

—¡Puta madre, este huevón ya me cagó otra vez! ¿Hace rato?

—Ufff... Ya más de una hora, pues.

—¿Y Chefo? ¿Ha estado por acá?

—Pasó con su vieja al dentista, pero me dijo que ya regresaba, pues.

Pepe Lucho, un poco más calmado, miró a Toño, que permanecía embobado escuchando la conversación. ¡No cabía duda, estos eran los amigos que él quería! Se notaba que vivían a cien por hora. Pensó que la última vez que tuvo dos cosas importantes que hacer fue cuando tuvo que envolver el regalo de la tía Queta antes de visitarla y recoger su terno de la lavandería para poder ir todo elegantoso.

Capanga lo notó y dijo:

—Este es Antonio. Dice que se ha mudado hace poco, pues.

Pepe Lucho le preguntó:

—¿Y por dónde te has mudado?

—Acá cerca, como a cuatro cuadras. Cruzando la línea del tranvía nomás. Pero me dicen Toño por si acaso.

La pausa imperceptible no lo fue para Capanga, que de inmediato supo lo delicado de la situación. Pero el daño era irreparable.

Repentinamente el pantalón de Toño murmuró "Texoro" mientras el de Pepe Lucho susurraba en perfecto inglés "Levi's", y las zapatillas de ambos intercambiaban muy bajito las palabras "Tigre" y "Nike" a breves intervalos. Los polos de piqué, más estridentes, gemían al unísono y sin pausa "¡Camisa de la Costa!", "¡Chemise de la Coste!" a través de un pequeño cocodrilo verde claro, con la lengua muy roja, barrigudo y casi deforme y otro más oscuro y estilizado, los dos bordados en el pectoral izquierdo.

La suerte estaba echada. Capanga y Pepe Lucho escucharon perfectamente cada palabra, pero Toño solo sintió una confusa sensación de ruido ininteligible a la que no le prestó ninguna atención. Así entendiese las palabras tampoco hubiera comprendido nada, pues sus virtudes le impedían escuchar casi todo lo que ocurría en un mundo mágico lleno de intrigas y pasiones encontradas. En San Elmo, Toño sería siempre un intruso.

Poco a poco la esquina se fue poblando. Toño pudo conocer a Juan, Neto, Mario, Huevito, Pólvora y muchos otros. En cada uno de ellos veía algo que quería tener y le parecía que todos, absolutamente todos, eran tipos extraordinarios. Se sentía en la gloria; aunque casi ni le dirigían la palabra, y algunos lo ignoraban sin asco, él no podía darse cuenta. ¡Nunca se había sentido tan feliz! Luego de un rato se despidió y, caminando sobre nubes de algodones, se fue a casa.

—¿Y este patita, Capanga?, ¿de dónde lo has sacado?

—A mí no me mires, Huevito: llegó y se sentó, pues.

—Medio raro, ¿no? —dijo Pólvora—. Su cabeza es de campeonato.

—Y es virolo. ¿Te diste cuenta?

Fue Neto quien dio la estocada final:

—Es igualito a Clavillazo, ese cómico mexicano que quería ser como Cantinflas, ¿se acuerdan?

—Pucha, Neto, ¡es idéntico! Yo me he visto todas sus películas en el Cine Balta de Barranco, pues —añadió Capanga para terminar el bautizo de Toñito.

Toñito no pudo dormir esa noche. La mente le giraba a toda velocidad, reemplazando las imágenes sin caras de sus sueños por las de sus nuevos amigos. Su corazón latía con brío renovado y sentía que por fin la realidad para él se mostraba como la había leído en los libros o visto en las películas.

¡No podía creer lo ocurrido esa memorable tarde! En unas pocas horas hizo más amigos que todos los que tuvo en su vida entera.

Toño había vuelto a nacer. Cada minuto tenía una nueva idea, un nuevo plan para compartir con los muchachos del barrio. Ahora sí tendría con quien jugar con todos aquellos artefactos y regalos, muchos de ellos sin abrir, que su padre le daba sin ninguna razón aparente. Don Félix adoraba a su hijo, pero la *AcaT'inka* dificultaba una relación franca y abierta con él, así que expresaba su amor a través de obsequios y engreimientos.

Al día siguiente, después del colegio, se dirigió directo a San Elmo. No pudo prestar atención a las clases y ni siquiera escuchó las pullas de sus compañeros, que lo veían embobado, con el estrabismo aún más acentuado al mirar constantemente hacia arriba. Se diría que estaba mirando al cielo, donde en verdad sentía que se encontraba en esos momentos.

A lo lejos comprobó que había un grupo grande en la esquina. ¡Su barrio! ¡Sus amigos! Concluyó que no se podía ser más feliz en la vida. Al llegar, el primero en reconocerlo fue Neto

—¡Hola, Clavillazo! ¿En qué andas?

—¿Clavillazo? ¿Quién es ese? —Toño se desconcertó un poco.

—Nada, un artista de cine, pues —intervino Capanga, tratando de suavizar el diálogo.

—Es que eres igualito, compadre —dijo Pepe Lucho.

—¿Sí? Nunca había escuchado de él... —respondió Toño aún dubitativo.

—Es un actor famoso, *cuñau* —añadió Pólvora, cachaciento como siempre.

—Bueno, veo que todos tienen apodo. O sea, el mío es Clavillazo, ¿no?

—¡Claro, hermano! ¡Clavillazo, Cla-vi-lla-zo, ra, ra, ra!

La chacota pasó inadvertida para Toño, quien, por el contrario, se sentía muy contento. Era uno más, igualito que los otros. Todos tenían su apodo... ¡y él ya tenía también el suyo! Y de un artista de cine, ni más ni menos.

Fueron días de gloria para el hijo de don Félix. Llevaba su apodo con mucho orgullo y dignidad. Insistía que en su casa y el colegio lo llamaran igual. Las dos criadas, fanáticas del cine mexicano, conocían al personaje cómico bastante bien y se burlaban a sus espaldas, pues el físico del actor era deplorable. Poco agraciado y con cara de tonto en todos sus personajes, causaba gracia justamente por su aspecto de perdedor inveterado.

Sin duda quien le puso el sobrenombre dio en el clavo. Toño era el personaje que el actor representaba en el cine. Es decir, era más Clavillazo que Clavillazo. La vida, de vez en cuando, mostraba alguna de estas patéticas bromas. Pero él carecía de la capacidad de darse cuenta. Estaba feliz y no se cambiaba por nadie.

Durante las siguientes semanas Clavillazo asistió religiosamente a la esquina de Capanga. En su mayoría, los amigos del barrio le hacían bromas y se burlaban de su apodo, de su manera de hablar y vestir, y hasta de sus ideas y pensamientos. Pero estas pullas y provocaciones eran un reflejo del barrio en general: finas, discretas y hasta elegantes.

Clavillazo pensaba que no había en el mundo entero alguien más afortunado que él. ¡Qué amigos tan estupendos! Solo lamentaba no tener la rapidez mental de ellos en las respuestas a las bromas que se hacían unos a otros.

—Coco, ¡qué bonita tu chompa! ¿Hay para hombre también?

—Sí, ¿quieres una para tu enamorado?

—Chefo, ese relojito tan coqueto, ¿se lo has robado a tu vieja?

—No, a la tuya cuando fui a verla anoche

—Chueco, te volvieron a jalar en matemáticas. Dime, ¿tú usas números o piedritas para contar?

—Me has hecho acordar que me dieron tu certificado de primaria completa. ¡Te felicito!

Clavillazo encontraba estos duelos verbales tremendamente divertidos y, cuando se los dirigían a él, se sentía realizado. Pero siempre en silencio, se limitaba a sonreír con ligero embarazo y dirigía al autor una mirada entre tierna y traviesa, casi como de gratitud, pues al prestarle atención sentía que lo hacían parte del barrio. Cada vez se sentía más unido a ellos.

—Clavillazo, ¿esa es tu cara o estás chupando limón?

—*Cuñau,* ¿así naciste o te caíste de la moto?

—Clavillazo, ¿cómo son las cosas al otro lado del tranvía? ¿La gente ya sabe leer y escribir?

—¿Cómo haces para ponerte tus polos? Porque por esa cabeza que tienes no pasa ni la falda de la gorda Lucila.

—Clavillazo, el otro día vi a tu empleada paseando al perro. ¿Cómo? ¿Que no tienes perro? Ah, disculpa, entonces creo que te estaba paseando a ti.

Capanga, por el contrario, dejó de hacer comentarios a los pocos días y observaba con reproche y tristeza las burlas a Clavillazo. Sin embargo, confiando en su instinto de sobrevivencia, no dijo nada. Habría sido mucho peor si lo hubiera hecho.

Recordaba haber ido alguna vez a un galpón de crianza de pollos y ser testigo de ese instinto animal de destrucción del más débil, probablemente un atavismo para preservar la especie. Apenas un pollo sufría una herida, los otros enfocaban sus esfuerzos en picotear en la llaga hasta destrozar a la víctima y dejarlo como una masa informe. Se preguntaba si este galpón juvenil se estaba comportando de la misma manera y si eran conscientes de esa terrible falta de consideración por un semejante.

Los del barrio sin duda no lo veían como a un semejante. Sin embargo, Clavillazo no percibía ningún peligro, ni siquiera un indicio de la bufa en que se había convertido.

Los días fueron pasando y las burlas aumentando.

Clavillazo no podía ver la diferencia entre los intercambios verbales de los demás y los dirigidos a él. Lo único que no entendía era por qué nunca le pasaban la voz para ir al cine o al fútbol y, aunque le dolía un poco este incordio, pensaba que era solo una cuestión de tiempo.

Cuando intentó invitar a alguien del barrio a su casa, tropezó con una rotunda negativa de su padre, quien severamente le advirtió:

—Toño, no me parece bien que invites a alguien si ellos no te han invitado primero.

—Pero, papá, son mis amigos del barrio. Quiero que los conozcas, para que veas que son buena gente.

—Mira, en caso de que no haya más remedio, que te quede muy claro que por ninguna razón pueden pasar a la otra casa. La Goya te puede preparar la sala de la casita para que recibas a alguien aquí.

—¡Papá, no es justo! Me porto muy bien, te obedezco en todo y siempre me saco buenas notas. Quiero enseñarles mi cuarto y todas las cosas que me has regalado. Tengo un montón de regalos y juegos que ni siquiera he usado porque nunca he tenido amigos. ¡Nunca he podido invitar a nadie!

Toño era incapaz de comprender los secretos motivos de su padre, y jamás los entendería.

Con voz grave y autoritaria, don Félix lo interrumpió:

—¡Es suficiente, Antonio! En esta casa se hace lo que yo digo. Y tu deber como hijo es aceptar y obedecer. No quiero hablar más del asunto. Si vas a traer a alguien, me tienes que avisar con anticipación. ¿Me has entendido?

Con la cabeza gacha Toño murmuró:

—Sí, papá. Yo te avisaré.

No se habló más del asunto y Toño se resignó a ver a sus amigos solo en el barrio. Lo bueno era que cada vez estaba más cerca de los muchachos. Por las bromas que le hacían, se notaba la confianza que le tenían. ¡Sentía que pertenecía al barrio!

Por el contrario, Capanga estaba llegando al límite de su tolerancia. No comprendía por qué Clavillazo no se daba cuenta de lo que pasaba. La situación había sobrepasado los niveles de respeto y decencia. Toño, el pobre, llegaba puntualmente con una sonrisa en la boca. Por supuesto, Capanga desconocía las virtudes que la ninfa le había concedido. Con las justas tenía escasa conciencia de sus dones y de su misión sagrada en el barrio. Por instinto conocía las restricciones de aquellos, pero el mundo mágico era para él y para todos un misterio veladamente presente. Para todos, menos para Clavillazo. Su nobleza y pureza de alma lo convertían en un ingenuo adolescente que no parecía darse cuenta de nada.

Un sábado por la mañana, Capanga se encontraba solo en su esquina trabajando en silencio en los zapatos de una hermosa vecina que traía de vuelta y media a los muchachos y a algunos de sus padres.

Nadie sabría jamás los secretos que Capanga atesoraba con cada zapato. Los miraba mientras acariciaba la piel de cabritilla y la suave plantilla, y supo que su dueña no usaba medias de *nylon* con ellos, que ladeaba el pie derecho un poco, probablemente por un pequeño callo o una ampolla en el dedo más chico. También se enteró de que estuvo en la playa con esos zapatos ya que pudo encontrar unos cuantos granitos de arena.

Fue este el inicio de su fantasía del día. No hay muchas razones para ir a la playa con un zapato de noche. Las opciones eran pocas y Capanga escogió la más audaz, viéndose envuelto en un sueño lleno de pasión y lujuria que, aunque duró unos instantes, fue suficiente para considerar que su día ya se perfilaba glorioso. *¿Qué habrá estado haciendo la señora Lorena en la playa y de noche? El marido nunca sale después de las siete. Fijo que le está sacando la vuelta, pues.*

Satisfecho de su trabajo y relajado después de su brevísimo orgasmo mental, siguió reemplazando los minúsculos taconcitos. *¡Ah, si la gente supiera todo lo que yo sé! Habría más de un divorcio y quizás más de un crimen*, pues, pensó mientras sonreía para sí.

Al mirar al frente, vio a Clavillazo sentado en el muro, con su eterna sonrisa, como esperando el diario castigo. ¡Se le veía tan indefenso, tan tierno y noble!

Capanga no pudo más. Con tristeza y conmiseración, le preguntó suavemente:

—Toño, ¿te das cuenta de lo que está pasando?

—¿De qué hablas, Capanga? ¿Qué ha pasado? —respondió Clavillazo, preocupado pensando en alguna desgracia.

—No, no ha pasado nada. Me refiero a ti y a los muchachos del barrio, pues.

—No. Ni idea. ¿Por qué? ¿Hay algún problema? ¡Nadie me ha dicho nada!

—Ay, hijo, es justamente de lo que estoy hablando. Nadie te va a decir nada nunca.

—Pero ¿qué me tienen que decir? Te juro que no te entiendo.

—Mira, Toño, no hay manera de decir esto sin que te duela. Los del barrio se están burlando de ti, pues.

—¿Y eso qué? Ellos se burlan de todos, todo el tiempo. A mí me gusta.

—¡No, no, no! Ellos bromean entre sí todo el tiempo. Siempre ha sido así. A veces me parece que repiten las mismas frases una y otra vez. En tu caso es diferente, pues. De ti hacen escarnio, de ti se burlan sin compasión. ¿Es que no lo ves? —Capanga continuó asqueado—: Me desespera ver cómo maltratan tu dignidad. Todas las bromas que te hacen tienen que ver con tu aspecto, con que vives en Surquillo, con tu forma de vestir y en especial con tu origen.

—Pero…

Demudado, Clavillazo no sabía qué decir. Nunca hubiera esperado esto.

—Perdona que te lo diga así, pero la verdad es que ya es demasiado. Es hora de que reacciones y que asumas tu realidad, Toñito. Es mejor que no regreses. Ellos solo persiguen hacerte daño y divertirse a tu costa.

—Capanga, no entiendo… Yo soy uno más del barrio, ¿por qué me dices esto?

—Nunca serás uno de ellos. ¿Es que no lo ves, por el amor de Dios? Vete, hijo, vete. Yo no soy uno de ellos. Tú eres uno como yo y siempre te verán así. Diferente, pues.

Capanga sentía que sus palabras eran como un vómito negro y hediondo, pero decidió que tenía que continuar.

—¿Te han invitado a alguna de las fiestas de los sábados? ¿Acaso conoces a alguna de las hembritas con las que van a la matiné del domingo? ¿Por qué nunca te avisan para ir? Ni siquiera al estadio te pasan la voz, pues. Date cuenta y reacciona, ¡Toño, por favor!

Un pesado silencio invadió la esquina. Parecía que repentinamente todo estaba en penumbras. El rostro de Capanga reflejaba un dolor hondo y sus arrugas se hicieron más notorias. Por un instante, sus cincuenta y tres años y algunos más salieron a flote, a la vista del mundo entero.

También Antonio envejeció en ese momento. Su palidez hizo aún más dramática y triste su tez amarillenta. El brillo de ternura de sus ojos desapareció y fue reemplazado por una mirada laxa e inexpresiva. La fealdad de su rostro se hizo mucho más evidente y, mágicamente, su espalda se encorvó dirigiendo su cabeza hacia abajo.

No hablaron más y se marchó torcido y arrastrando los pies.

Tres días después, Capanga se enteró del intento de suicidio de Clavillazo por una criada que vivía cerca de la zona. En ese momento se dio cuenta de que había roto la magia de sus dones y se le encogió el corazón al ver las terribles consecuencias.

Al marcharse esa tarde, vio a un grupo del barrio en la puerta de la bodega y se acercó a darles la noticia. Capanga les dio la información de la clínica, el número de habitación y el nombre completo de Clavillazo, ignorado por la mayoría.

—Pregunten por Antonio Panduro, pues.

—¿Pero se va a morir o está más o menos? —preguntó Chefo.

—Está grave, pero parece que se va a salvar, felizmente.

—Vamos a organizarnos para ir en mancha, Capanga. Gracias.

—Qué bien, muchachos. Él necesita mucho apoyo, pues.

—Sí, sí, ahí estaremos.

Al marcharse Capanga, intercambiaron algunas frases sobre Clavillazo, deseando que se pusiera mejor.

—Pobre Clavillazo. ¿Por qué habrá querido suicidarse?

—No tengo ni idea. A lo mejor ha sufrido un desengaño amoroso. Ustedes saben que él es medio cursi y huachafón.

—No creo. Debe tener que ver con su casa, su familia o algo así.

—Sí, yo creo lo mismo. ¿No se han dado cuenta de que nunca habla de su familia?

—Siempre fue un poco raro. ¡Y nunca sabías si te estaba mirando a ti o a otro!

Hubo algunas risas y un asentimiento general. Cinco minutos después, la conversación retornó a la fiesta del sábado.

Ninguno del barrio fue a visitarlo.

Nadie supo al final que pasó con Clavillazo y, la verdad, a nadie le importó.

Mandi y el Gordo

El iconoclasta escritor Henry Miller escribió que Fedor Dostoievski, su colega ruso de cien años atrás, fue el primer ser humano que le inspiró a revelar su alma; esto es, a través de sus obras.

Si Miller era extraordinario, Dostoievski era genial. En sus obras, efectivamente, muestra las más oscuras y escabrosas intimidades del espíritu humano.

Cuando leí a ambos autores por primera vez, hace más de cuarenta años, todos los sueños eran realizables y yo jugaba a ser Zaratustra con un grupo de enfebrecidos y alocados amigos que compartían conmigo lecturas, aficiones, vicios y hasta casa y comida, la aseveración de Miller me pareció absurda y siniestra, pues en mi interior, se agolpaban con angustia preguntas sin respuesta: *¿Cómo era posible que alguien no quisiera mostrar su alma a los demás? ¿Cómo no ser auténtico, sincero, abierto y además soñador?*

Imposible. Debía ser que los norteamericanos y los rusos eran diferentes y no tenían ese romanticismo latino que nos hace apasionados, fanáticos y a esa edad, jueces "imparciales" del comportamiento moral de los adultos.

Porque los viejos sí tenían problemas. Claro, habían crecido en una sociedad llena de represiones, tabúes, ignorancia y creencias absurdas. Nadie les explicó que podían pensar sin restricciones, los llenaron de limitaciones y anteojeras, que, obviamente, nosotros los jóvenes no teníamos.

Y vino la Primavera de París en mayo, los estudiantes tomaron la ciudad y empezamos a escuchar frases extraordinarias que se convirtieron en lemas: "Decreto el estado de felicidad permanente", "Prohibido prohibir" o "Seamos realistas: pidamos lo imposible". Y los *hippies* con "Hagamos el amor, no la guerra", y su revolución de flores. Entonces concluimos que con palabras, flores y *cannabis* el mundo estaba resuelto. Y los Beatles. Y John Lennon con *Imagine*. Y el maravilloso Woodstock. Y con estos gigantescos fenómenos sociales, mi generación pensó que éramos los revolucionarios, los rebeldes, aquellos que rompieron con todos los esquemas sociales retrógrados.

Al pensar en esto y mirar a mi alrededor, veo que los que quedamos hemos pasado trágicamente a ocupar el lugar de los viejos que tanto criticábamos. Es bastante probable que ellos también pensaran lo mismo que nosotros cuando éramos jóvenes. Tomar conciencia de ello es abrumador. Fuimos en círculo y compartimos los mismos vicios y defectos. Me desalienta y descorazona. Porque los pensamientos y las ideas cambian con los años, qué duda cabe, pero la naturaleza humana, esa esencia del ser, sigue siendo la misma a través de los siglos.

Lo peor es que ahora, mucho más que antes, nadie quiere mostrar su alma. Parecería que todos, los viejos y jóvenes de ayer, tanto como los de hoy, tenemos temor de que se descubra cómo somos en realidad; cuáles son nuestras angustias más tremendas, o nuestros pequeños y sucios crímenes y, peor aún, ¡que alguien pueda darse cuenta de nuestras debilidades!

Quizás sea el temor a ser herido, a que nos hagan daño. Durante la vida, nos vemos enfrentados a situaciones en que de seguro otras personas o circunstancias lo harán. Ya sea por supervivencia propia, egoísmo desmedido o simplemente por no percatarse. Y el alma termina llena de desgarros, cicatrices dolorosas y heridas incurables. Solo los locos pretenderían andar por la vida sin protegerse. Pero, aun así, algunos andan por ahí.

Y no hace mucho, otro escritor descomunal, el maestro García Márquez, dijo esta frase tan cierta y poderosa, que de puro temor arranca un esbozo de esquiva sonrisa en aquellos que la leen: *"Todos los seres humanos tienen tres vidas: pública, privada y secreta"*.

No dio más explicaciones y nadie las necesitaba. Pero puede hacer estremecer a cualquiera que al leerla piense en lo que pasaría si su vida secreta dejara de serlo.

He empezado esta historia varias veces y en varios meses. Siento que necesito hacerlo. Pero se mantiene dentro, torturándome, negándose a salir. Ni siquiera puedo explicarlo. Ha sido muy útil para desarrollar un evitamiento creativo. Es decir, cada vez que he comenzado, hallaba algo útil que hacer que había venido postergando. Desde leer un libro hasta reorganizar los archivos de mi computadora o incluso alguna aborrecible tarea en el hogar, como reubicar muebles, cambiar baterías en las alarmas de fuego, o algo así. Lo más desagradable de esta actitud, o lo más vergonzoso, es que logré siempre encontrar alguna poderosa razón para hacerlo perentoriamente.

Y aquí estoy por quinta o sexta vez, tratando de sacar desde lo más profundo el recuerdo de las almas y corazones, penas y sentimientos de dos hermanos, Enrique y Armando.

Enrique era el "Gordo". Cuando Enrique recibió ese apodo, Armando era Armandito. Vino al mundo poco más de un año después que Armandito. Y fue el Gordo casi desde ese momento. Armando era delgado y bonito. Él era gordo y más bien feíto, pero desde la cuna ya tenía un aire de picardía que no se le fue jamás.

Le tomó poco tiempo ponerle a Armando el apodo con el que aún hoy, sesenta años después, la familia y los amigos del barrio lo conocen: "Mandi".

Él escuchaba con atención siempre y al ver que todos le decían Armandito, intentó vanamente repetirlo, pero a duras penas podía decir "Mandito", que luego le resultó muy largo y terminó diciéndole "Mandi" mañana, tarde y noche, pues era muy demandante.

La familia entera no tardó en adoptar, más por ociosidad, ese apodo. Y él siguió siendo el Gordo, porque lo era. Hasta entrada la adolescencia, más que gordura, lo que tenía era barriga, protuberante y exagerada.

De personalidades diametralmente opuestas, el Gordo aprovechó, sin perder una sola, todas las oportunidades que se presentaron para sacar de quicio a Armando y para obligarlo moralmente a pelear con chicos más grandes que él.

¡Siempre, siempre! Ni siquiera una vez escogió a alguien del tamaño de su hermano mayor para meterse en líos. Todas las peleas de Mandi por culpa del Gordo fueron con tipos más grandes que él. Algunos hasta por una cabeza. Pero Mandi nunca perdió una sola. Le dieron duro, pero él dio más duro todavía, Las peleas diarias y continuas con el Gordo eran una excelente práctica.

La venganza de Mandi fue diferente. Forzaba al Gordo a reconocer una superioridad mental inexistente y le cobraba con fuerza los golpes que sufría por su culpa.

Nadie podría imaginar dos personalidades tan diferentes provenientes del mismo vientre y con la misma sangre.

Si Mandi leía, el Gordo jugaba. Donde Mandi callaba, el Gordo reclamaba. Aquel se entristecía, este se reía, y cuando hacían algo juntos, lo que uno cedía, el otro lo tomaba sin reparos.

Cada uno encontró maneras de sacar ventaja en esta pugna interminable siempre tratando de no forzar las situaciones. Cuando las tías y los tíos se reunían para el almuerzo dominical en casa de la abuela, eran el centro de atención. Mientras los tíos se inclinaban por la viveza y rapidez del Gordo, las tías se encariñaban más con Mandi, quien les contaba alguna historia recién leída o compartía algún trozo de zarzuela que había escuchado.

Los tíos los animaban con propinas a competir en duelos con las pistolas de hojalata o un juego de fútbol en los cuales el Gordo siempre resultaba ganador; pero al momento de repartir el premio, Mandi se las ingeniaba para recibir menos monedas, las de más valor.

Su madre se angustiaba a diario, pues estaba segura de que jamás podrían llevarse bien. A veces comentaba con la familia que solo esperaba que no terminaran enemistados de por vida, síndrome común y trágico de los ancestros de ambos lados. Pero el Gordo y Mandi seguían enfrentándose y peleando cada vez con más vigor y entusiasmo.

Su padre trataba de ser justo y equitativo, pero le era muy difícil, pues estaba la mayor parte del tiempo trabajando fuera de la ciudad y, para su dolor, se había convertido en un papá de fin de semana. Si le hubieran ofrecido estar con ellos siempre a cambio de su alma, no lo hubiese dudado un instante. Pero él no era Fausto y el diablo no era Goethe. Su nombre era Gonzalo y las Parcas hilaban su destino para mantenerlo lejos de su esposa y sus hijos.

Enrique y Armando aprendieron a mirarse el alma, no a punta de golpes mutuos, sino a punta de golpes que recibieron ambos de la vida, mucho más terribles y dolorosos.

Por eso, quizás sea mejor empezar la historia al revés, es decir, de adelante para atrás y ubicarnos en estas épocas.

Al separarse el Gordo y Mandi con apenas dieciséis y diecisiete años, eran muy diferentes y el mundo también.

Muchos años después, y a fuerza de tremendos sacrificios de ambos, pudieron juntarse nuevamente, con el sueño de revivir esos momentos de una niñez accidentada, revoltosa y extraordinaria.

Pero la vida pasa, golpea, seduce, engaña y frustra. No en vano se ve tanto anciano con un rictus de dolor y sobre todo de amargura, sin importancia de origen, raza o dinero. La vida siempre lanza circunstancias que son como granadas que destruyen sueños, ilusiones, amores y vínculos. Es parte de su ley inflexible e ineludible.

Muchos seres humanos quedan lisiados emocionalmente para el resto de sus vidas y anhelan el último día de su existencia de la misma manera que un niño anhela el día siguiente. Y eso es muy triste.

Al reunirse nuevamente, ya nada era igual. El Gordo era flaco y Mandi gordo. El Gordo hizo dos maestrías y la carrera con una beca en los Estados Unidos. Mandi a duras penas logró terminar el bachillerato después de pasear por cuatro carreras y tres universidades. El planificador y metódico fue Enrique y el desaforado y desordenado fue Armando. Sin duda el tiempo los había moldeado diferentes otra vez, pero con un amargo toque de ironía.

Les costó mucho trabajo y sufrimiento volver a mirarse mutuamente el alma, algo que les era tan natural. Poco después de reencontrarse, y a pesar de verse con frecuencia, esa distancia entre corazones se hizo más larga.

Pero adelantaré un final feliz, pues a pesar de los obstáculos, y con la sabiduría de la edad, ambos, sin hablar nunca de aquello, entendieron que nuevamente estaban hablando de corazón a corazón, Y es a esto a lo que me voy a referir.

No hace mucho, Enrique, que ya no era más el Gordo, le pidió a Armando, quien seguía siendo Mandi, y que era gordo ahora, que hiciera una especie de calendario de los años de infancia. Mandi opinó que era una buena idea y empezó a revisar fechas, lugares y personas, tratando de rescatar de su maltratada memoria lo que fuera saliendo.

Poco a poco, fue registrando todo lo que podía, hechos y recuerdos, muchas veces sin relación lógica y tan dispares y dispersos que llegó a dudar de poder elaborar algo que tuviera un poco de sentido. Pero gradualmente fue tomando forma y repentinamente se encontró con una sucesión de acontecimientos en la vida de ambos que fueron los que los marcaron para siempre.

Al terminar, Mandi se sentía muy afectado. Algunas de estas memorias eran golpes terribles saliendo del fondo de su corazón arrastrando consigo penas, pérdidas y dolores acumulados por más de medio siglo. Era un sentimiento difícil de explicar, pero le dolía hasta las lágrimas. Y no esas lágrimas que muchas veces tenía, de emoción o alegría, cuando su mujer, sus hijas y su nieta intentaban quererlo más, si aún cabía.

¡No! Eran lágrimas escasas, casi secas, pero hirientes y profundas como espinas, saliendo del pecho a horcajadas, dando golpes de furia e impotencia por lo que pasó y no pudo ser evitado.

Quién sabe si fueron los múltiples y vanos intentos por olvidarlos o el perverso placer de horadar más en su dolor, que cuando salían a flote, aunque ocurriese por un momento, lo dejaban vacío, triste y desolado. Y permanecía así, exhausto, por días o semanas.

Al revisar la recopilación de recuerdos, y ya más tranquilo, cayó en la cuenta de que Enrique y él habían tenido una oportunidad extraordinaria y raras veces otorgada por el destino.

Aunque su hermano no lo recordaba, su madre le hizo saber que, a los pocos meses del nacimiento de Enrique, y en su afán por cuidarlo, casi lo asfixió al llenarle la boca con galletas de animalitos, que eran sus favoritas. Podía jugar con ellas y después comérselas. Él sí recordaba eso. *Vaya*, pensó, *es verdad que hay amores que matan.*

Evocó los años pasados en la casa de la abuela, lóbrega y antigua, con un olor peculiar que siempre asociaría a tristeza y misterio, probablemente causado por la cantidad de plantas de salvia y otras que ella tenía por toda la casa para traer dinero, salud o alejar al diablo y a los malos espíritus, como decía ella. O tal vez sería por las historias de fantasmas que Rosa, una empleada que trajeron del norte, les contaba en la penumbra de su cuarto al atardecer. Nunca lo supo de seguro. El recuerdo en común más claro era ese afán de ambos en destruir los juguetes lo antes posible. Si no era posible desarmarlos, entonces los colocaban debajo de la caja donde se guardaban, se metían dentro y saltaban hasta asegurarse que eran masas informes de latón y plástico. ¡Era de lo más divertido!

La ausencia de su padre, que nadie nunca les pudo o quiso explicar, y sus breves y esporádicas visitas tiempo después, añadían mayor misterio a una situación en la que ambos se sentían abandonados, pues su madre tenía que trabajar y solo quedaban ellos dos jugando a las adivinanzas de lo que podía estar pasando. A pesar de las peleas diarias, de manera instintiva comprendieron que únicamente se tenían el uno al otro.

Ese primer entendimiento fue el que conectó ambos corazones por primera vez. Jamás se dijeron nada e incluso Armando tuvo dificultad para recordar el sentimiento, pero ambos lo sabían. Las memorias de un niño de cinco o seis años no emergen rápidamente.

Pero los juegos y rituales diarios continuaron. Peleas frecuentes, uno molestaba al otro, este se molestaba y le golpeaba, el golpe era devuelto y ya estaban en lo mismo de nuevo. A pesar de las narices sangrantes y las cabezas rotas, jamás hubo ni un atisbo de rencor. Era así como tenía que ser, simplemente.

Los años pasaron. Un día su madre enfermó y finalmente tuvo que ser internada por un cáncer muy agresivo. Pasó los últimos meses de su vida en el hospital. Esta vez, el entrenamiento de las luchas diarias que los mantenía siempre alerta, fue de mucha utilidad para sortear a los porteros que les impedían el ingreso al hospital por su corta edad y el temor de propagar entre los pacientes alguna enfermedad infantil. Fue también la primera vez que pudieron trabajar como un equipo.

Cada uno tenía un rol definido y en ciertas ocasiones, se turnaban para sacrificarse por el otro pues era imposible sorprender al portero una segunda vez. Aquel que entraba, después participaba de la visita al que se había quedado fuera.

Cuando ella ingresó al hospital por última vez, ese pacto invisible, esa visión más allá de los ojos, volvió. Estaban solos de nuevo. Su padre trabajaba fuera de la ciudad y Enrique y Armando se quedaron en la casa de unos tíos para seguir estudiando. Con diez y once años, esa sensación de soledad y unión al mismo tiempo, ya no se olvidaría. Nunca más volvieron a pelearse. Esto era solo entre ambos y habían entrado a un mundo ajeno. El hogar desapareció en el preciso instante que lo dejaron para ir a casa de los tíos; y las cosas íntimas, como aquella, quedaron ahí para siempre. Pero silenciosamente sabían que siempre se tendrían el uno al otro.

A los pocos meses, el día que su madre murió, Enrique lloraba inconsolablemente y Armando estaba como atontado, sin saber qué hacer ni decir. Y su primo, en la ingenuidad y simpleza de los nueve años, soltó una demoledora frase que hirió por igual a ambos.

—¡El Gordo quería más a su mamá!

Ambos sintieron el dolor que estas palabras transmitían. Se miraron y callaron. Pero lo sabían. En esa mirada el mensaje era claro y directo:

—¡Una vez más, pero estamos juntos, hermano!

Los ojos también decían:

—¿Y ahora?

—¿Seguiremos así los dos?

—¡Como sea, estaremos juntos siempre!

El velorio, el entierro y todo aquello relacionado con su muerte les fue ocultado. Mucho tiempo después, encontrarían, entre fotografías antiguas, algunas fotos del funeral, al cual, de acuerdo con las costumbres de la época, solo iban los hombres. Todos tenían anteojos oscuros y ternos del mismo tono, con caras muy serias.

Al ver las fotos, Armando se preguntó cuánto daño se podía hacer por tratar de hacer el bien. Pero en una ciudad como Lima, donde todo tiene que ser suave y mesurado, se consideraba los más adecuado "para que los chicos no sufran".

Aquella Navidad, la primera sin su madre, Armando sintió la pérdida con terrible fuerza. Era el atardecer de Nochebuena, y el sol se acababa de ocultar. En el morir de la tarde, sentado en el rellano de entrada de la casa, empezó a llorar, primero casi en silencio, y poco a poco, dio rienda a un llanto incontenible. Enrique lo vio y, sin decir nada, se sentó a su lado, lo abrazó y se unió al llanto. Una vez más, sin una palabra de por medio, se dijeron todo. En este lenguaje de sentimientos, se transmitían afectos entrañables, mucho más allá de cualquier frase o gesto.

Pero no pasó mucho tiempo antes de que se encontraran otra vez solos. Los abuelos, que habían venido para hacerse cargo de ellos, regresaban a España. Ambos terminaron en un internado en otra ciudad al norte de Lima, más cerca de su padre, pero más lejos de todo aquello que les era familiar. El barrio, el colegio, los amigos y la familia materna quedaron atrás. Pero se tenían el uno al otro. Y ellos sabían que eso era suficiente.

Al poco tiempo, su padre se volvió a casar y regresaron a vivir en un hogar y con una familia establecida. Pero acostumbrarse a vivir con la nueva esposa de su padre no fue fácil. A pesar de las buenas intenciones y los esfuerzos que ella hizo, para cualquier muchacho es un trance difícil. Siempre salía a flote la inevitable comparación y la competencia con su madre. Tomó mucho tiempo el aceptar la nueva realidad. Los nuevos hermanos que nacieron fueron indudablemente el peso que inclinó el fiel de la balanza. Estas circunstancias fortalecieron aún más el lazo entre los hermanos.

Pero como tantas veces en la vida de ambos, no duraría mucho. Pasaron menos de dos años antes de que su padre fuera a trabajar al sur de Lima mientras ellos seguían viviendo en el norte. Armando ya terminaba la secundaria y se quedó en una pensión mientras que Enrique se fue interno a una ciudad del sur.

Esta fue la última separación. Nunca más volverían a vivir juntos, pero ya era tarde. El silencioso lazo estaba labrado a sangre y fuego.

Al terminar el colegio, Enrique se marchó para Estados Unidos con una beca para estudiar Ingeniería mientras que Armando lo hizo a España para continuar Medicina después de hacer estudios generales en Lima.

Mientras Enrique estudiaba, Armando descubrió un mundo diferente que lo sedujo casi de inmediato, completamente alejado de los estudios y todo aquello que le era familiar. Desapareció por unos meses y finalmente fue devuelto a Lima sin haber abierto un solo libro de texto.

Se acercaba Navidad y la familia entera planeaba viajar a España para una gran reunión familiar, con excepción de Armando, quien recién había vuelto. Su padre tenía muy claro que tenía que mantenerlo lejos del ambiente que conoció ahí. Enrique viajaría desde los Estados Unidos.

Al día siguiente de Navidad, su padre enfermó y moriría poco más de una semana después en un hospital de Granada. A casi diez mil kilómetros de distancia, los hermanos fueron golpeados duramente y estaban demasiado lejos para afrontar esta tragedia juntos. Enrique había permanecido en la cabecera de su padre por dos días seguidos, y al salir para asearse y mudarse de ropa, su padre partió. Armando, en cambio, logró hacer las paces con su padre en Lima, unos días antes de su viaje a España, después de múltiples conflictos debido a su rebeldía y difícil personalidad. Espantosas ironías de un destino que parecía ensañarse con ellos. Al entrar Enrique al hospital, fue increpado duramente con un:

—¡Bien podías haber estado aquí!

Entre el dolor y la confusión, nunca recordó con claridad quién pronunció la frase, dicha probablemente con el dolor propio de la muerte; pero al saberlo, Armando sintió exactamente el mismo dolor que Enrique. Jamás lo olvidarían.

Mientras Enrique se endureció y decidió luchar contra todo lo que se le presentara, revistió su corazón con una coraza para impedir volver a ser herido tan terriblemente. Armando entretanto, se rebeló contra Dios y el mundo y se prometió no seguir ninguna norma que el sentido común le impusiera.

Con el correr del tiempo, uno se volvió prudente y competitivo mientras el otro se tornó impulsivo y apasionado.

Lo único común entre ambos por muchos años fue el amor y el recuerdo del otro y el absurdo y enorme dolor por la imprevista y prematura pérdida.

Y marcharon así por la vida, con resultados diferentes, con sabores y sinsabores diversos, al igual que las alegrías y las tristezas. Cada uno recibió una apreciación de la vida distinta y valiosa.

Lo curioso es que a pesar de ver la vida de maneras diferentes y valorar las cosas desde puntos de vista casi opuestos, siempre celebraron con alegría lo que alguno de ellos considerara un logro y se entristecieron y apoyaron en las circunstancias opuestas, incluso cuando en la intimidad, desearan que su hermano cambiara de actitud o hiciera algo de manera diferente. Pero siempre fue un amor sin egoísmos ni intereses personales.

Quién sabe si lo más importante fue la certeza con que ambos, sin hablar apenas de ello, reconocieron que sus almas y corazones eran idénticos, que sufrían y sentían de la misma manera, pero que solo sus reacciones externas eran diferentes. Es probable que sea así con todos los hermanos, pero ellos fueron de los afortunados que lo comprendieron, aun y cuando llegar a esa conclusión les costase más de medio siglo.

Lo diferentes y parecidos que eran, cómo fue que pudieron crecer juntos y se mantuvieron unidos a través de todas las crisis y tragedias familiares durante su niñez y adolescencia y cuánto llegaron a conocerse y apoyarse en todos los avatares y sufrimientos de lo que fue a todas luces una infancia muy difícil y una adolescencia terrible.

Dada la trama de la historia, es comprensible que haya adelantado un final feliz.

Hoy, sin palabras, cada uno sabe que el lazo de unión permanecerá sólido e incólume hasta el final. Cada uno comprende y acepta que el dolor de aquel lo sentirá este por igual y sus alegrías tendrán la misma intensidad en ambos.

Y es que los sentimientos son mucho más fuertes que las palabras cuando existe la voluntad de dejarlos salir.

De corazón a corazón.

www.ingramcontent.com/pod-product-compliance
Lightning Source LLC
Chambersburg PA
CBHW030331200626
46816CB00006BA/2008